I got a cheat ability in a different world, and became extraordinary even in the real world.
異世界でチート能力《スキル》を手にした俺は、現実世界をも無双する
～レベルアップは人生を変えた～
6
Character
イリス・ノウブレード
『剣聖』の称号を冠する最強の剣姫。剣の道を突き進んでいる間に婚期も通過してしまい、最近は「自分より強い」運命の男性を探している
「こ、この胸の高まりは何……？
も、もしかして……これが恋心⁉」

「レクシア。私も護衛の前に、一人の女だぞ？」

Contents

I got a cheat ability in a different world, and became extraordinary even in the real world.6

Character

ルナ

アルセリア王国の王女・レクシアの護衛の任に就いている、元・暗殺者の少女。優夜に想いを寄せており、時には大胆な行動に出ることも……!?

キィイイイン！

襲い掛かってくる邪獣を始末しようとした瞬間、あの澄んだ金属音が耳に届いた。

「ギ、ギィ……」

そして、俺に襲い掛かってきた邪獣たちは、その場に倒れ伏す。

俺が思わず視線を背後のイリスさんに向けると、彼女は強気に笑った。

「……色々と訊きたいことはあるけど、邪獣は任せなさい。

だから……アイツは頼んだわよ？」

「……はい！」

人類最強タッグ——結成!?

渚の美少女

「そ、その……水着……
変じゃ、ないでしょうか……？」
Character
宝城佳織《ほうじょうかおり》
超名門校・王星学園の理事長のご令嬢。心優しい性格の持ち主で、夏休みに優夜たちを別荘に招待する。超絶運動音痴なのが玉に瑕

「その力……貴方、一体何者なの……？」
「俺は至って普通の一般人なんですけど……」
Character
天上優夜《てんじょうゆうや》
至高の賢者が遺した武器を自在に操り、伝説の魔獣たちと共に暮らし、『聖』の弟子ながら『邪』の力をも手にしてしまった、自称・普通の高校生

異世界でチート能力《スキル》を手にした俺は、現実世界をも無双する6

～レベルアップは人生を変えた～

美紅

ファンタジア文庫

3001

口絵・本文イラスト　桑島黎音

異世界でチート能力《スキル》を手にした俺は、現実世界をも無双する6
～レベルアップは人生を変えた～

I got a cheat ability in a different world, and became extraordinary even in the real world.6

Miku illustration:Rein Kuwashima

プロローグ

——【世界の廃棄場《はいき》】。

世界中の負の力が渦巻《うずま》くそこで、『邪《じゃ》』の一人が鼻歌を歌っていた。

「フフーン♪　どうやって殺そうかなー。切り刻むのもいいし、焼くのも捨てがたいなぁ……あ、毒をばら撒《ま》くのも面白《おもしろ》そうだねぇ！　どんな悲鳴を上げてくれるんだろう？　楽しみだなぁ！」

無邪気《むじゃき》に残酷《ざんこく》なことを口にする『邪』。

その容姿は幼い少年のようで、赤黒い髪《かみ》に、赤い瞳《ひとみ》と青い瞳のオッドアイが特徴《とくちょう》的だった。

すると、そんな少年の姿をした『邪』のすぐそばに、また別の『邪』がゆらりと現れた。

新たに現れた『邪』は、青黒い髪と金の瞳が特徴的な、どこか浮世《うきよ》離《ばな》れした雰囲気《ふんいき》を持つ美青年だった。

「——機嫌《きげん》がいいな」

「ん？　まあねー。なんてったって、ようやく『聖』の連中たちを殺せるんだよ？　楽しみで眠《ねむ》れないんだー」

「フッ……そこまでやる気があるならば、こちらも頼《たの》みやすい」

「え？　なになに？　どうしたの？」

どこかもったいぶった様子で告げる青年の『邪』に対し、少年の『邪』は興味津々《きょうみしんしん》といった様子で訊《き》く。

すると、青年の『邪』は、笑《え》みを浮《う》かべた。

「喜べ。最初の仕事だ。レガル国を滅《ほろ》ぼしてこい」

「レガル国？」

少年の『邪』にとっては聞き慣れない国名だったのか、首を捻《ひね》る。

「んー……って、よくよく考えたら人間どもの国なんて一つも知らないや。アハハハハ」

「はぁ……笑い事ではないな。地理くらいは把握《はあく》しておけ。でなければ、殺しに向かうことすらできんぞ」

「はぁい。……で？　その国を滅ぼすって、何かあるの？」

「『剣聖《けんせい》』がいる」

「！」

青年の『邪』の言葉に、少年の『邪』は目を見開いた。

「どうやら、『剣聖』は今、そのレガル国に身を置いているようだ。それに、レガル国には近々開催《かいさい》される建国記念祭とやらで多くの人間が集まる……どうだ？　お前に相応《ふさわ》しい舞台《ぶたい》ではないか？」

「……」

青年の『邪』の言葉を、顔を俯《うつむ》かせて聞いていた少年の『邪』は、顔を上げた。

その顔には――悪意に染まった笑みが浮かんでいた。

「最っっっっっ高じゃないかあ！　何だい何だい⁉　君、僕に『剣聖』を譲《ゆず》ってくれるの⁉　それだけじゃなく、他《ほか》の人間たちがいる場所まで⁉」

「ああ」

「ウソじゃないよね⁉　ウソって言ったら、殺すよ⁉」

「ウソではない。どうだ？　頼まれてくれるか？」

青年の『邪』の言葉に、少年の『邪』は笑顔《えがお》で頷《うなず》いた。

「勿論《もちろん》じゃないか！」

「フッ……それはよかった。だが、襲撃《しゅうげき》はレガル国の建国祭に合わせろ。いいな？」

「言われなくても！　だって、その方が人間どもがたくさん集まるんだよね⁉　むしろそこしかないじゃん！　いいねぇ、いいねぇ！　殺戮《さつりく》パーティーだ！　最高の地獄《じごく》を作ってあげるよ！」

実際は、今すぐにでも殺しに向かいたい衝動《しょうどう》に駆《か》られる少年の『邪』だったが、それ以上に、人類を一度にたくさん殺せるその時まで、楽しみとして我慢《がまん》することにした。

それでもワクワクが止まらない少年の『邪』だったが、ふと気になったことを青年の『邪』に訊く。

「でも……どうして僕に譲ってくれたんだい？　てっきり、『剣聖』は君が殺しに行くのかと思ったよ」

「確かに、俺が力を与《あた》えた『拳聖《けんせい》』を殺した可能性が高いのは、『剣聖』だ。だが、だからと言って、俺が『剣聖』を殺さなければいけない理由はない。俺は……いや、我々の誰《だれ》かが、『剣聖』を、人類を滅ぼせればそれでいいのだ」

「ふーん……ま、何だっていいけどね。小難しい話は君や彼に丸投げだからさー」

「俺たちとしては、お前にも頭を使ってもらいたいんだがな」

「それは難しいなぁ。だって僕、どう殺せば一番面白いかいっつも考えてて、他のことを考える余裕《よゆう》がないんだよね！」

「……まあいい。とにかく、お前にレガル国を任せる。俺たちは他の国を攻《せ》めるための用意をしておこう」

「りょうかーい。それで、もう向かってもいいのかな？」

「それはいいが、何をするつもりだ？」

「えー？　ナイショー♪」

「……まあ、我々の存在がバレない限りは好きにするがいい」

「やったー！　じゃあ、早めに向かって、確実に人間たちを殺すためにも、色々仕掛《しか》けよーっと」

そう語る少年の『邪』は、もうすでにまだ見ぬ土地の人間たちを殺すことだけに意識を向けていた。

「あ、そうそう。何人か『堕聖《だせい》』を借りてもいいー？」

「ん？　『堕聖』を？」

「うん」

「……意外だな。てっきり、お前ひとりでやると言うと思ったのだが……」

「えー？　それは心外だなぁ。知ってる？　一人より複数人の方が楽しいこともあるんだよ？」

「なるほどな。ならば……」

青年の『邪』が指を鳴らすと、空間に亀裂《きれつ》が入り、そこから二人の人間が姿を現した。

細身でありながら鍛《きた》え抜《ぬ》かれた肉体を見せる、半裸《はんら》の男。紺色《こんいろ》の短い髪に、鋭《するど》く切れ長の目が特徴的で、背には自身の身長を超《こ》える長槍《ちょうそう》を背負っていた。

もう一人は、どこか地球の忍者装束《にんじゃしょうぞく》のような黒い衣装《いしょう》を身に纏《まと》い、口元を同じく黒い布で覆《おお》った男。長い緑の髪を一つにまとめ、同じ緑の瞳を持つ目はとても冷徹《れいてつ》な印象で、腰《こし》に二つの草刈《くさか》り鎌《がま》が下げられている。

二人の男は、すぐさま少年の『邪』と青年の『邪』に対し、跪《ひざまず》いた。

「――――お呼びでしょうか」

「こいつらでいいか?」

「うん、いいよー。見た感じ……『槍聖《そうせい》』と『鎌聖《れんせい》』かな?」

「そうだ。実力は、こちらに降《くだ》ったとはいえ、元は『聖』だ。問題ないだろう」

青年の『邪』が語るように、新たに現れた二人の男は、元は『邪』と対立している『聖』であり、こうして『邪』の駒《こま》となったことで、『堕聖』と呼ばれるようになっていた。

二人の『堕聖』は、静かに頭《こうべ》を下げていたが、目の前にいる二人の『邪』に対し、体の震《ふる》えが止まらなかった。

それほどまでに、少年の『邪』と青年の『邪』から放たれる力が大きく、否《いや》でもその実力差を感じさせられたのだ。

そんな震える二人の様子に気づいている少年の『邪』が、二人を眺《なが》めて嗜虐的な笑みを浮かべていると、突然《とつぜん》、その場に新たな歪《ゆが》みが生じた。

それは、闇《やみ》が滲《にじ》み出るような空間の歪みだったが、その歪みそのものが徐々《じょじょ》に形を持ち、やがて一体の【化け物】が生み出された。

その化け物は、静かに赤い瞳を開く。

「グギィ、グギャ……」

「なっ⁉」

「こ、これは……」

そんな化け物に、思わず警戒《けいかい》態勢をとる二人の『堕聖』。

すると、その化け物は少年の『邪』を視界に捉《とら》えると、なんと襲《おそ》い掛《か》かったのだ。

だが、襲い掛かられた少年の『邪』は、その化け物を冷めた目で見つめる。

「はぁ……これだから生まれたてって嫌《きら》いなんだよねぇ。実力差も分からないから、死も恐《おそ》れないし、面白くない――――邪魔《じゃま》」

「グギィイ⁉」

少年の『邪』が、無造作に手を振《ふ》り払《はら》うと、その化け物は吹《ふ》き飛ばされ、無様に地面を転がった。

その光景を、ただ呆然《ぼうぜん》と見つめていた『槍聖』が、思わずといった様子で口を開く。

「あ、あの化け物は……」

「ああ、君らは初めて見るんだっけ？　あれは、僕ら『邪《じゃ》』の成りそこない……『邪獣《じゃじゅう》』だよ」

「じゃ、『邪獣』……」

「そうそう」

「まあ、成りそこないというか、我々の搾《しぼ》りかすの結晶《けっしょう》だな。ただ、成りそこないではあるが、調教すれば使える。なんせ、腐《くさ》るほどいるからな。いい戦力になる」

「……」

二人の『堕聖』は何も言えなかった。

「確かに僕らの成りそこないだけど、こいつらと戦えば、君らでも死んじゃうかもよ？　アハハハハ！」

無邪気に笑う少年の『邪』の姿に、『堕聖』の二人は顔を青くする。

何故《なぜ》なら、自分たちが戦えば、死ぬかもしれないような存在を、戦力として大量に保持していることを知ったからだ。

どう見ても、『聖』側が『邪』に勝てるイメージが浮かばなかった。

「とはいえ、もう少し手加減しろ。あれでは使い物にならん」

「ええ？　治せばいいじゃん」

「そんな手間をかけるくらいなら、殺す。ただ、殺すのも面倒《めんどう》だ。よって、放置だ」

「アハハハハハ！　ひ、酷《ひど》いね！」

「腐るほどいるからな」

ひとしきり笑った少年の『邪』は、笑みを浮かべたままの青年の『邪』に告げる。

「じゃ、ちょっと行ってくるね。ついでだし、使い物になる邪獣も何体か連れてくよ？」

「ああ、好きにしろ。いい報告を期待している」

「はいはーい。……って、何ぼさっとしてるの？　そんな調子だと、殺しちゃうよ？」

「っ！　す、すみません……」

少年の『邪』はいまだに呆《ほう》けている二人の『堕聖』にそう言うと、その場から去っていった。

それを見送った青年の『邪』も、自分の仕事のため、その場を去る。

すると、そこには、先ほど吹き飛ばされた『邪獣』のみ、取り残された。

「グガ、グギィ……」

もはや虫の息であり、今にも死にそうな『邪獣』。

だが――――。

「ギ!? ギィ――――」

突如《とつじょ》、横たわる『邪獣』の体の下に、魔法陣《まほうじん》らしきものが展開され、その魔法陣《まほうじん》が激しく輝《かがや》く。

必死にその魔法陣から逃《のが》れようとする『邪獣』だったが、体は思うように動かず、そのまま魔法陣の光に体が絡《から》めとられていく。

そして、光が収まると……そこに、『邪獣』の姿はなくなっていた。

＊＊＊

ところ変わって、『邪』が行動を始めた頃《ころ》、先日レクシアたちが訪《おとず》れたレガル国の城の地下で、秘密裏《ひみつり》にとある実験が行われていた。

黒いローブ姿の人間たちが、大規模な魔法陣を囲み、それぞれが本などを手に取りながら、話し合っている。

ローブ姿の人間は、このレガル国が抱《かか》える魔術師《まじゅつし》たちだった。

「――――調子はどうだ?」

「！　陛下」

すると、そこに、レガル国の国王であるオルギスと、一人の品のいいドレスに身を包んだ女性が、階段を下りてきた。

女性は優夜《ゆうや》と同い年ほどで、縦に巻かれた長い金髪《きんぱつ》に、同じく金色の瞳《ひとみ》と、派手さと上品さが混在していた。

そんな女性は、意志の強そうな目を伏《ふ》せ、オルギスの背後に控《ひか》えている。

すると、ローブ姿の男の一人が口を開いた。

「順調でございます。まさか、このような魔法《まほう》が存在するとは思いもしませんでしたが……」

「それは当然であろうな——異世界から勇者や聖女を召喚《しょうかん》するなど」

オルギスの口から語られたその言葉は、もし優夜がこの場にいたら、聞き逃せないものだっただろう。

オルギスは近くにいた魔術師から本を受け取り、それに軽く目を通す。

「遥《はる》か昔……それこそ、この間話題にもなった伝説の竜《りゅう》が出てくるような、おとぎ話の世界。あくまで伝承として存在したとされる、人間でありながら神へと至った、たった一人の人物——賢者《けんじゃ》。かの賢者が、一度だけ、異世界へと迷い込んだ話を基《もと》に、生み出された魔法らしいな」

「ええ。その賢者は、異世界の存在を認識《にんしき》したことにより、そこにもう一度移動するための魔法を生み出しました。そして、その研究資料の一部を、我々は手に入れたのです」

「うむ。そして、その研究の応用が、この魔法陣というわけか……」

オルギスはそう言うと、目の前に描《えが》かれた巨大《きょだい》な魔法陣を見つめる。

一時期、世界に散らばる賢者の文献《ぶんけん》を求め、多くの冒険者《ぼうけんしゃ》が世界を旅し、また、国々は争った。

やがて時が経《た》つと、国々は賢者の文献を巡《めぐ》る戦争を止める条約を結び、冒険者にもそれらを探し求めることが禁じられた。

ただし、すでに手に入れられた文献はその国々の宝として取り扱《あつか》われ、それらを持つ国々では文献の研究が進められていた。

だが、その魔法はどれも強力であり、普通《ふつう》の人間には制御《せいぎょ》できない。

さらに、中には発動させるまで効果が分からないものや、危険なものも存在するため、研究こそ許されてはいるものの、賢者の魔法の発動は世界で禁じられていた。

「賢者の物語の中では、その異世界では、我々の知らない未知なる技術が発達しており、とても栄えていたそうです」

「その未知なる技術に頼《たよ》るほど、我々は追い込まれているのだな」

「……ええ」

オルギスの言葉に、魔術師の一人は重々しく頷《うなず》いた。

そして、オルギスも苦い顔で目を伏せるが、やがて決心した様子で目を開いた。

「……だが、こうでもしなければ……我々は『邪』に滅《ほろ》ぼされる。やるしかないのだ」

「……」

「『剣聖《けんせい》』殿《どの》は心配無用と口にしていたが……各地で『邪』と対抗《たいこう》するべき『聖』が、姿を消している。これの意味することが、果たして『邪』に討《う》たれただけなのか、それとも……」

最悪の事態を想像し、思わず顔をしかめるオルギス。

オルギスは、迎《むか》え入れた『剣聖』から『邪』の復活だけでなく、どんどん姿を消していく『聖』の話も聞いていた。

もちろん、『剣聖』は、多くの『聖』が『邪』に降ったことを知っていたが、『邪』との戦いは『聖』の役割だと認識していたため、オルギスに伝えることをしていなかった。

大きなため息を吐《つ》いた後、オルギスは背後に控えていた女性に声をかける。

「……ライラ」

ライラと呼ばれた女性は、オルギスの娘《むすめ》であり、このレガル国の第一王女だった。

その美貌《びぼう》と聡明《そうめい》かつ気の強い性格は、アルセリア王国のレクシアのように、国民から慕《した》われ、大きな人気を誇っていた。

そんなライラは、凛《りん》とした様子でオルギスの呼びかけに応《こた》える。

「はい、お父様」

「我々は、この召喚を行えば……おそらく、世界中から非難を受けるであろう。我々の問題解決のために、よその世界から人間を呼び寄せようとしているのだ。それは、拉致《らち》と何ら変わらん。もちろん、呼び寄せるからには、我々は国を挙げ、もてなすつもりだ。もし勇者が召喚されれば、ありとあらゆる美女を与《あた》えよう。そして……お前も、捧《ささ》げなければならぬかもしれん」

「……分かっております」

ライラは、ここで行われる魔法の重要性と、その残酷《ざんこく》さを理解していた。

召喚に失敗すれば、この世界の人類に未来はなく、成功すれば、よその世界の人間に我々のために戦ってもらうことになる。

どちらに転ぼうが、後がない。

それでもなお、この手段に縋《すが》るのは、もはや『邪』に対抗できる存在がこの世界にはおらず、ただ、滅びゆくのを黙《だま》って見ていることができなかったからだ。

人類がまだ、『邪』の手から逃れ、生き延びるためには、誰《だれ》かが犠牲《ぎせい》になってでも、新たな力に頼るしかない。

別世界からの拉致という大罪を犯《おか》し、全世界を敵に回しても、『正の力』で溢《あふ》れる世界で人類が生きていくために、やらなければいけなかった。

そして、ライラにはさらなる重要な責任があった。

レガル国は元々魔法の研究が盛《さか》んに行われており、世界一の魔法国家として知られていた。

そのため、賢者の魔法を一部、限定的とはいえ、こうして再現することに成功している。

そして、魔法大国のトップである王族は代々高い魔力量《まりょく》を受け継《つ》いでおり、ライラは中でも歴代最高の魔力量と言われ、この賢者の魔法を発動させるのに必要な存在だった。

「……この魔法は、この国で一番の魔力を誇るお前しか発動させることはできない。そんな重責をお前に――――」

「お父様。わたくしは、大丈夫《だいじょうぶ》です。ですから、安心してください」

ライラは凛としたまま、悠然《ゆうぜん》と微笑《ほほえ》んだ。

その様子に、オルギスだけでなく、周囲で作業していた魔術師たちも、何も言えなかった。

決意をしたライラの笑顔《えがお》は、とても力強く、美しかった。

その笑顔を受け、オルギスはしばらく呆けていたが、やがて苦笑いを浮《う》かべた。

「フッ……本当に……お前は強い女子だな。これではお前を嫁《よめ》にもらう男が可哀想《かわいそう》だ」

「当然ですわ。わたくしを娶《めと》るんですから、強い殿方《とのがた》でなければ納得《なっとく》いきませんわ。それこそ、召喚される殿方……勇者くらいでなければ……」

「ならば、この世界でお前が嫁に行く当てはないな。……いや、そういえば……」

「お父様？」

ふと、何かを思い出した様子のオルギスに、ライラは首を傾《かし》げる。

「いや、この間のアルセリア王国の王女との会合を思い出してな……とても信じられぬが、伝説の竜……創世竜《そうせいりゅう》を従えた人間がいるらしい」

「なっ⁉ そ、それは本当ですの？」

「レクシア王女の反応を見ると、ウソではないと思うが……とはいえ、そもそも伝説の竜が存在していること自体が信じられぬほどだ。だが、この間の地響《じひび》きは尋常《じんじょう》ではない。元々アルセリア王国の近くにある溪谷《けいこく》で眠《ねむ》っているという伝承もある。その竜が目覚め、一人の男が手懐《てなず》けたそうだ」

「ま、まさか……それで、その殿方の名は？」

「ああ。確か、名はユウヤ、と言っていたが……」

「……聞き慣れない響《ひび》きの名前ですわね」

「うむ。ここら辺でも聞かぬ響きではあるな。アルセリア王国でも聞かぬ響きであるし、他国の人間であろう。ただ、その人間はレクシア王女の婚約者《こんやく》という話だ。本当かどうかは知らぬがな」

「はあ……」

「だが、もし仮に、そのような男がいるのなら、お前の旦那《だんな》としても相応《ふさわ》しいし、何より、『邪《じゃ》』との戦いでも期待が持てる」

　オルギスの話を聞いていたライラは、首を振《ふ》った。

「お父様。確かに、そのような殿方がいれば、わたくしは喜んで身を差し出しましょう。ですが、あり得ませんわ」

「何？」

「そもそも、伝説の竜と言いますけど、それこそ賢者のおとぎ話では、賢者に討たれたという話ではありませんか。実在したのかすら怪《あや》しいですわ」

「それは……だが、賢者の研究資料を基に、こうして魔法を生み出したのだ。伝説の竜も

「だからこそですわ。賢者が存在したということは、おとぎ話の中で、暴れていた伝説の竜を倒《たお》したという賢者の話も本当になりますわよね？」

「……それもそうだな」

「確かにあの地響きと咆哮《ほうこう》は尋常ではありませんでしたが、伝説の竜とは思えませんの。伝説は伝説ですから。なので、【エンシェント・ドラゴン】だとわたくしは思いますわ」

「なるほどな。だが、【エンシェント・ドラゴン】であったとしても、それを従えているだけでも脅威《きょうい》だがな」

「そうですわね……ですが、先ほどのお父様の話では、その殿方はすでにレクシア王女と婚約しているのではなくて？」

「うむ。そのようにレクシア王女は語っていたが……護衛についていた少女の反応を見るに、本当に婚約しているかも怪しい。何より、アルセリア王国の王女が婚約となると、大々的に知らせるはずだ」

「それは……そうですわね」

「そのように謎《なぞ》の多い人物だが、今回の建国祭で、『剣聖』殿と御前《ごぜん》試合をすることになったのだ。そこで見極《みきわ》めればよかろう」

「それは楽しみですわね」

「ああ。建国祭は、存分に楽しもう」

「ええ。そのあとは、この魔法を――――」

レガル国では、強い信念のもと、大きな計画が動き始めているのだった。

＊＊＊

再びところ変わり、地球の『王星学園《おうせい》』にて。

「ふぅ……今日も勉強、頑張《がんば》った！　私！」

「ま、勉強するのが学生の本分だからねぇ」

一日の授業が終わり、楓《かえで》は大きく伸《の》びをした。

その様子を見ながら、凛《りん》は呆《あき》れた様子で笑う。

「うぅ……そ、それは分かってるけど、私としては体を動かしているほうがいいんだもん……」

「でも、もうすぐテストじゃないか。赤点とったら、部活もできないだろう？」

「いやー！　テストの話なんて聞きたくないぃ！」

耳を押さえ、首を振る楓に、凛はますます苦笑いを深めた。

「まったく……こりゃあ、またアタシが面倒《めんどう》みることになりそうだねぇ」

「お、お世話になります……」

いつもテストが近づくと、凜に勉強を見てもらっている楓は、素直《すなお》に頭を下げた。

「はいはい……ところで、その部活には行かなくてもいいのかい？」

「あ、うん！　今日は休みなんだー。だから、思いっきり遊べるよ！」

「そこは帰って勉強とかじゃないのかい？」

「り、凜ちゃんの意地悪っ！」

からかうような凜の言葉に、楓は震《ふる》えた。

すると、凜はちょうど教室を出ていこうとする雪音《ゆきね》を見つけた。

「おや、雪音も帰宅かい？」

「お、雪音ちゃんも帰るなら一緒《いっしょ》に帰ろうよー」

声をかけられた雪音は、一瞬驚《いっしゅんおどろ》くも、首を横に振る。

「……今日は部活」

「へ？」

「おや、雪音って部活に入ってたのかい？」

雪音が部活をしていたことを初めて知った二人は、目を見開いた。

「雪音ちゃんって、前までは帰宅部じゃなかったっけ？」

「……うん。でも、最近面白《おもしろ》そうな部活を見つけたから、そこに入部した」

「へえ？　何部だい？」

「オカルト研究部」

「「オカルト研究部!?」」

予想外の部活に、楓も凛も驚《おどろ》いた。

「て、てっきり軽音部とかだと思ってたよ……」

「いや、楓。そりゃあ雪音はバンドマンっぽいけど、それはさすがに偏見《へんけん》が過ぎないかい？」

「そ、そうかな？」

「……まあ、私もオカルト研究部なんて部活があるとは知らなかったけどね」

そんな二人の反応に、雪音は不思議そうに首を傾げる。

「？　……そんなにおかしい？　オカルト、面白いよ？」

「そ、そうなの？」

「ちなみに、どんなところが？」

「……現実じゃあり得ない現象を調べるところ？」

「な、なるほど？」

するると、雪音はふと何かを思いついた様子で、二人に近づいた。

「……せっかくだから、見学に来る？」

「え？」

「……実は、部員が少なくて、せっかく入部したのに廃部《はいぶ》になりそうで。だから、新入部員が欲《ほ》しい」

「い、いやぁ……私は陸上部に入ってるし……」

「んー……アタシは興味深いけどねぇ」

「え、凜ちゃん⁉」

凜の反応に思わず楓が目を丸くする。

「ま、物は試《ため》しってね！」

「……そんな理由でも大丈夫。ひとまず、一度でいいから見学してみない？　ちょうど今日、面白い文献《ぶんけん》が手に入った」

「へえ？　そりゃ気になるねえ」

「うぅ……」

「おや？　楓……もしかして怖《こわ》いのかい？」

「そ、そりゃあそうだよ！　オカルトって、お化けとか、悪魔《あくま》とかでしょ？」

「……うん」

「ほらあ！　怖くないわけないじゃん！」

怖がる楓の様子に、ちょっとした悪戯心《いたずらごころ》が湧《わ》いた凜は、笑顔で告げた。

「まあいいから！　今日はアタシの言うことをききな！」

「え、凜ちゃん⁉」

「……ん。じゃあ、案内する」

「ちょ、ちょっとぉ⁉　私、行くって言ってない――――」

「おや？　テスト前はアタシは楓の勉強に付き合うんだし、ここは私に付き合ってくれてもいいんじゃない？　ほら、もうすぐ定期テストだろう？」

「うぐっ！」

そこ突《つ》かれると痛い楓は、思わずうめいた。

「さ、行こう行こう！」

「……うん。こっち」

「～～！　凜ちゃんの鬼《おに》ぃぃいい！」

楓は半泣きになりながらも、凜と雪音の後をついていくのだった。

＊＊＊

そして、楓たちは普段《ふだん》立ち寄らない場所にある空き教室の一つにたどり着く。

「……ここが、オカルト研究部の部室」

「うぅ……心なしか、空気がどんよりしてる気がする……」

「アンタねぇ……さすがにそれは気にしすぎじゃないかい？」

「そうかなぁ……」

そんな二人のやり取りをよそに、雪音は教室のカギを開けた。

「……どうぞ」

中に入ると、そこには藁人形《わらにんぎょう》や、虫の標本、禍々《まがまが》しい色の液体が入った大きな鍋《なべ》など、どこか普通《ふつう》とは雰囲気《ふんいき》が違《ちが》う空間が広がっていた。

他《ほか》にも、机の上には乱雑に本が置かれており、その本は日本語だけでなく、様々な言語で書かれていた。

予想以上にしっかりとした雰囲気の部室に、凛は感心した様子で室内を見回す。

「へぇ……思ったよりちゃんとしてるじゃないか」

「りりりりり凛ちゃん!?」

「アンタはアラームかい……」

恐怖《きょうふ》からか、震えながら凜の服の裾《すそ》を掴《つか》む楓に、凜は思わずそうツッコむ。

「ところで、今日は何をするんだい？」

「……これ」

凜の質問に、雪音はカバンの中から一冊の本を取り出し、それを見せた。

「それは？」

「……行きつけの古本屋さんで見つけた。悪魔召喚《しょうかん》に関する本」

「あああ悪魔召喚⁉」

「へぇ、そりゃあオカルトっぽいねぇ」

もはや失神しそうな楓に対し、凜は明るく笑った。

そして、雪音は本を開き、目を通しながら説明する。

「……これを買って、家で調べて、今日は材料とか買ってきたから、実際に魔法陣《まほうじん》を描《か》いてみる」

「か、描いちゃうの⁉」

「ん？　そういや、先輩《せんぱい》とか、他の部員がいないようだけど、勝手にそんなことしていいのかい？」

「……大丈夫《だいじょうぶ》。元々人数が少ないってのもあるけど、それぞれが興味のある分野を研究していい。私は、悪魔とか、そういうのに興味がある」

「なるほどね」

雪音は、机などを教室の端《はし》に寄せ、空いた床《ゆか》に大きな紙を敷《し》いた。

そして、その紙に、古本屋で手に入れたという悪魔召喚に関する本を参考にしながら、赤いマジックで魔法陣を描いていく。

「てっきりその魔法陣を描くのに何かの血液でも使うのかと思ったけど、マジックでいいのかい？」

「けけけけ血液⁉」

「……問題ない……と思う」

「適当だねぇ……」

「……コンプライアンス的によろしくないからね」

「世知辛《せちがら》いね」

雪音の言葉に、凜は肩《かた》を竦《すく》めた。

そんな凜に対し、よほど血液で魔法陣を描くという言葉が衝撃《しょうげき》だったらしく、楓は放心していた。

そんな中、ついに雪音は魔法陣を描き終えた。

「……できた」

「どれどれ……って言っても、何が描いてあるかはサッパリだけどねぇ」

「ほほほ本当に大丈夫なんだよねぇ⁉」

「いい加減、アンタは落ち着きなよ……」

「……とにかく、この魔法陣を用意したら、ここに書いてある呪文《じゅもん》を読めばいいだけ」

「ずいぶんと簡単なんだね？」

「……悪魔は、人間に召喚してもらわないと、この世界にやって来られない。だから、簡単な手順にすることで、より人間に召喚されやすくなる」

「へぇ？　そうなのかい？」

「……と、私は勝手に思ってる」

「アンタの思い込みかい……」

自信満々に言い切った雪音に、凜は思わず呆《あき》れてしまった。

しかし、雪音は特に気にした様子もなく、魔法陣の前に立つと、本に書いてある呪文を読み始めた。

「――――」

真剣《しんけん》な様子で呪文を読み上げる雪音に、今まで怖がっていた楓まで見入ってしまう。

そして――。

「――――！」

カッ！　と、目を見開き、呪文を読み切った。

「……」

「『……』」

魔法陣には、何の変化も起きなかった。

雪音は静かに本を閉じると、一つ頷《うなず》いた。

「……ま、召喚できるわけないよね」

「えええええええ⁉」

「……身も蓋《ふた》もないねぇ」

あまりにもアッサリとした雪音の様子に、楓たちは驚き、呆れた。

「……こういうのは、未知だからいい。解明できちゃったら、ロマンがない」

「そ、それ、研究する意味あるのかなぁ……？」

「……とにかく、今回は失敗した。でも、雰囲気を味わえたし、楽しかったからオーケー。

他に試したい本とか持ってきてないし、今日の実験はこれで終わり」

「はあ。呆気《あっけ》なく終わったねぇ。じゃあ今日の部活も終わりかい？」

「……うん」

「なら、せっかくだし、三人で遊んで帰ろうか？」

「……オーケー」

凜がこの後の予定を決め、三人で遊びに行くことが決まり、楓はようやく安心することができた。

だが――――。

「ゆ、雪音ちゃん、凜ちゃん……」

「ん？」

「どうしたんだい？」

「あ、あれ……！」

何かに気づいた様子の楓が、その方向を震《ふる》えながら指さす。

その指が示した先に、凜と雪音も視線を向けた。

「「え？」」

なんと、赤いマジックで描かれた魔法陣が、妖《あや》しい光を放ち始めていたのだ。

「な、何が起きてるんだい⁉」

「……びっくり。この本、本物だった……」

「それどころじゃないだろう⁉」

「や、ヤバいよ、凜ちゃん、雪音ちゃん！　光がどんどん強くなってるよ！」

最初以上に慌《あわ》て始める楓だったが、さすがの凜もこの状況《じょうきょう》は予想外だったため、焦《あせ》り始める。

「ゆ、雪音！　悪魔《あくま》召喚って言ってたけど、どんな悪魔が召喚されるんだい⁉」

「……分からない。でも、本の中でも一番強力な悪魔が召喚できる魔法陣を描いた」

「よりによって……」

凜は雪音の言葉に頬《ほお》を引き攣《つ》らせる。

もし、雪音の言葉が本当なら、今から召喚される悪魔は強力な存在だからだ。悪魔が召喚されるというだけでも一大事なのに、その上強力な悪魔となると悪夢でしかない。

だが、そんな三人をよそに、魔法陣の光は増していき、ついに教室全体を光が埋《う》め尽《つ》くした。

「うっ！」

「ま、眩《まぶ》しい……！」

「……何が出るかな、何が出るかな」

「アンタはもっと緊張感《きんちょうかん》を持ちなッ！」

そして、ついに光が収まると、楓たちは恐《おそ》る恐る目を開いた。

「……あ、あれ……？」

「これは……」

「……おかしい。何もいない」

なんと、光が収まった魔法陣には、悪魔らしき姿どころか、何もいなかった。

「雪音。悪魔ってのは、ちゃんと見えるのかい？」

「……そのはず」

「あ、雪音ちゃん⁉」

雪音は凜の言葉に頷きながらも、臆《おく》することなく問題の魔法陣に近づいた。

そして、直接魔法陣に触《ふ》れたり、魔法陣を描いた紙を持ち上げたりしてみるが、特に変化は起きない。

「……うん。あそこまで光ったけど、やっぱり失敗したみたい。残念」

「ざ、残念って……」

「まあ、いきなりで驚《おどろ》いたけど、残念って気持ちも分からなくはないかなぁ」

悪魔というと恐怖心が芽生えるが、未知なる存在に出会えるかもしれないと考えると、今回の雪音の実験の失敗は残念といえた。

もうしばらくの間、雪音は本を読み返したり、描いた魔法陣を確認《かくにん》したりしたが、悪魔の存在は確認できず、片づけを済ませ、今度こそ部室から退室した。

「いやあ、一時はどうなるかと思ったけど、あの体験は普通《ふつう》じゃできないし、貴重だったねぇ」

「私は本当に怖《こわ》かったんだけどね……」

「だから、ごめんって！　今からアイスでもなんでも奢《おご》るから許してよ」

「うぅ……それなら、許してあげる」

「……ごめん、お待たせ」

「いや、待ってないよ。じゃ、行こうか」

三人はもう先ほどの出来事を忘れ、今からどう遊ぶかを話し合っていた。

その瞬間《しゅんかん》、雪音は言葉にできない微《かす》かな違和感《いわかん》を覚え、周囲を見渡《みわた》す。

「……？」

「どうしたの？」

「……いや、何でもない」

誰《だれ》も異変が起きていたことに気づけなかった——雪音の影《かげ》に、赤い瞳《ひとみ》が浮《う》かび上がっていたことに。

こうして、三つの場所で同時に様々な事件が起こりつつあるのだった。

第一章　『剣聖《けんせい》』

――レガル国の近くに存在する【オールズの森】。

豊かな自然にあふれ、レガル国に多くの資源と恩恵《おんけい》をもたらしている。

それと同時にこの森は危険地帯の一つとして、世界中に知られていた。

ただし、優夜《ゆうや》の住む【大魔境《だいまきょう》】は、この森以上に危険な超《ちょう》危険地帯に指定されているため、【大魔境】よりも危険度は低い。

だが、この【オールズの森】は、【大魔境】に比べて貴重な資源が多く手に入るため、冒険《ぼうけん》者などが多く出入りしており、魔物《まもの》も自然と間引かれているからこそ、近くに人々が住む街があっても安心だった。

さらに、今のレガル国には今まで以上に安全である理由が一つある。

それは――――。

「グルルルル……」

「グルアアアア！」

「ガルアアアア！」

「……」

一人の女性が、数体の魔物に囲まれたまま、佇《たたず》んでいた。

桃色《ももいろ》の髪《かみ》のウルフカットに、切れ長のピンク色の瞳。

強力な魔物の多く生息する【オールズの森】にいながら、その恰好《かっこう》はとても軽装であり、白銀の胸当てと漆黒《しっこく》のマント、そして一本の剣だけを差していた。

女性一人で訪《おとず》れるにはあまりにも危険な場所であり、現在もこの女性を取り囲んでいるのは、黒色の体毛に、白い縞模様《しまもよう》の虎《とら》――B級に指定されている【ブラック・タイガー】の群れだった。

単体相手なら、B級以上の冒険者であれば、討伐《とうばつ》可能ではあるが、今女性を取り囲んでいるブラック・タイガーの数は、十数頭にも及《およ》んだ。

これを討伐するには、普通であればA級冒険者のパーティーか、S級冒険者が必要だった。

しかし、そんな危険な存在であるブラック・タイガーだったが、目の前にいる一人の女性に対し、異様なまでの警戒心《けいかいしん》を見せ、攻《せ》めあぐねていた。

「グルル……ガアアアアッ！」

すると、一頭のブラック・タイガーが痺《しび》れを切らし、ついに女性に襲《おそ》い掛《か》かる。

キィィン――――。

「ガッ――――」

だが、次の瞬間……澄《す》んだ金属音が響《ひび》いた後に、そのブラック・タイガーの首が、胴体《どうたい》からズレ落ち、訳も分からぬまま倒《たお》れた。

仲間がやられたことで、より一層警戒心を高まらせるブラック・タイガーたちだったが、仲間がやられたことへの怒《いか》りは収まらず、ついに一斉《いっせい》に女性に襲い掛かった。

「グルアアアアアアッ！」

「ガアアアアアアアッ！」

一般《いっぱん》人が耳にすれば、それだけで失神してしまいそうな咆哮《ほうこう》に晒《さら》され、さらに襲い掛かられているというのに、当の本人である女性は何も変わらない様子で、ただ、そこに佇み続けた。

そして――――。

キィィン――――。

「グガ――――」

「ガア――――」

またも、透《す》き通るような金属音が周囲に響き渡《わた》ると、一斉に襲い掛かったブラック・タイガーたちは、空中で首と胴体を切断され、そのまま倒れ伏《ふ》した。

「……」

ブラック・タイガーの群れはそのまま光の粒子《りゅうし》となり、その場にドロップアイテムを残す。

それを襲われていた女性は静かに見つめると、いつの間にか手にしていた剣を鞘《さや》に納めた。

「ふぅ……これじゃあ大した修行《しゅぎょう》にはならないわね」

信じられないようなことを口にする女性こそ、現在レガル国に身を置いている『剣聖』

――イリス・ノウブレードだった。

「……って、こんなこと言ってるからダメなのよねぇ……」

イリスは、自分の言動と思考に嫌気《いやけ》が差しながら、大きなため息を吐《つ》いた。

それは――。

「はあ……もう同級生の中で結婚《けっこん》してないのなんて私だけだし……かといって、剣の修行もやめるわけにはいかないし……私、どうすればいいのかしら……」

なんと、最強と名高い『剣聖』は、自身の婚期《こんき》に悩《なや》んでいた。

イリスは、物心ついたころから剣に魅入《みい》られ、いずれ騎士《きし》となるべくその力を磨《みが》いていた。

だが、イリスの生まれたノウブレード家は、公爵《こうしゃく》の爵位《しゃくい》を持つ大貴族であり、イリスの父はイリスが騎士となることを許さなかった。

そのため、イリスは元々騎士学校を志望していたものの、父の意向により、貴族の息女が通う女学校へと強制的に入学させられた。

当然、イリスは父に反発したものの、ノウブレード家の権力は大きく、周囲の説得もあり、渋々《しぶしぶ》女子校へと入学する。

「女学院に入学させられたけど、あまり意味なかったのよねぇ」

「ガアアアアッ!?」

ふと、昔の自分を思い出しながら、イリスは新たに襲い掛かってくる魔物を切り裂いた。

ただし、やはりイリスは剣を抜《ぬ》いた様子もなく、澄んだ金属音が響くだけである。

――――両親としては、女学校に入学することで、淑女《しゅくじょ》としての振《ふ》る舞《ま》いを覚え、いずれ貴族や王族へと嫁《とつ》ぐための準備をさせるつもりだった。

非常に整った容姿であるイリスは、入学前から多くの貴族たちから婚約《こんやく》を申し込まれていたが、本人が恋《こい》より剣に興味があったこと、そしてイリスが貴族の淑女として求められる振る舞いを一つも身に付けていなかったこともあり、イリスの父はどこの家とも、自分の娘《むすめ》の婚約成立はおろか、お見合いすらもさせることが結局できなかった。

中にはノウブレード家にとって、大きな繋《つな》がりともなる貴族からの申し入れもあったが、未熟なイリスを嫁がせてはかえってノウブレード家の品位や信頼《しんらい》を失うということで、泣く泣く婚約を断ったこともあるほどだった。

「――――グルアッ⁉」

「ガ、ガアアア！」

魔物に襲われているとは思えないほどの余裕《よゆう》を見せつけながら、イリスは次々と魔物を切り伏せていく。

あまりにも異様な光景に、さすがの魔物も逃《に》げようとするが、イリスの刃《やいば》から逃げることはできなかった。

「私に剣の道を諦《あきら》めさせたかった割には、特にお見合いの話もなかったのよね。よくよく考えれば不思議だけど……何か理由があったのかしら？」

そんな両親の思惑《おもわく》など知らないイリスは、そのまま無事育っていき、さすがに今まで好き勝手が許されたこともあって、女学校入学を途中《とちゅう》でやめたりすることができなかった。

だが、イリスは女学校であろうと、剣を捨てることはなかった。

さらに、イリスの入学した女学校は普通の学園とは異なる、超名門の『アルテミア女学院』であり、学園長は貴族でありながらかつてＳ級冒険者として活躍《かつやく》した伝説の魔女《まじょ》だった。

だからこそ、女学院であろうと多少の自衛手段を学ぶ授業は存在し、イリスは自主的な修行《しゅぎょう》も怠《おこた》らなかった。

その結果、イリスは授業以上の実力を身に付け、ついには教師すら圧倒《あっとう》する力を見せつけるに至った。

すると、そんなイリスの実力に興味を抱《いだ》いた学園長が、とある人物をイリスへと紹介《しょうかい》する。

それこそが、前『剣聖』であり、イリスの師匠《ししょう》となる人物だった。

「グ、グアアアアア！」

「グオオオオ！」

「今思えば、あの出会いがあったからこそ、今の私がいるのよね」

イリスは先代『剣聖』を思い出しながら、逃げ惑《まど》う魔物を切り伏せていった。

――――先代『剣聖』もまた女性だったこともあり、同じく剣の道を志すイリスに興味を抱いたことと、イリスに剣の才能があったこともあり、正式に弟子《でし》となると、そこからさらにイリスは剣にのめり込んでいった。

とはいえ、学業を疎《おろそ》かにするわけにもいかなかったため、イリスは渋々女学校に通い続けた。

剣《けん》にすべてを捧《ささ》げるイリスだったが、そんな彼女はたくさんの友人に恵《めぐ》まれた。

他《ほか》の生徒は、根っからのお嬢様《じょうさま》気質であり、護身の授業ですら苦手そうな女子ばかりだったが、意外にもイリスとの相性《あいしょう》がよかった。

気付けば、女生徒たちはイリスから護身を学び、そしてイリスはその女生徒たちから淑女としての振る舞いを学ぶことができたのだ。

すると、イリスの心にも徐々に変化が訪れた。最初こそ剣以外には全く興味も示さなかったイリスだったが、卒業が近づいたころには、女性が興味を示すものには人並みに関心を抱くようになっていた。

『聖』というおとぎ話のような存在は周囲から必要以上に畏《おそ》れられるのが一般的だが、イリスは女学院という環境に恵まれたためか、『聖』にしては珍《めずら》しく、多くの友人に囲まれたまま、ここまでやってくることができた。

そして、ついに女学院を卒業することとなったイリスだが、その時にはすでに先代を超《こ》え、『剣聖』の称号《しょうごう》を引き継《つ》いでいたこともあり、イリスの父親はどうすることもできなくなっていた。

ノウブレード家がいくら公爵であるといっても、世界の敵である『邪《じゃ》』を相手にする『聖』は、国によってはそれ以上の待遇《たいぐう》を与《あた》えられるため、もはやイリスの父親はイリスを引き留めるだけの権力も戦力も持ち合わせていなかった。

だからこそ、イリスの父親はそこで諦めてしまったのだ。

イリスを他家へ嫁がせるということを諦め、イリスに干渉《かんしょう》しないようにしたのだ。

この状況《じょうきょう》こそ、元々イリスが求めていたものだった。

だが卒業後、友人たちが次々と結婚していき、ついに一人だけ独身となったイリスは、ここで初めて結婚というものを意識し始める。

ただ、結婚以前に恋愛《れんあい》をしたことがないため、まずは恋愛とは何なのかというところから学ぶ必要があった。

「おかしい……こんなはずじゃなかったのに……！」

二十代も折り返しに来たイリス。

この世界では、遅《おそ》くとも二十代前半までに結婚しているのが普通《ふつう》だったが、イリスは結婚どころか、男性と付き合ったことすらなかった。

「あんなに声をかけられたのに、今となっては誰《だれ》も声をかけてくれない……なんで……どうしてなのよ……」
暗い雰囲気《ふんいき》のまま、地面を見つめるイリス。
イリスの言う通り、女学校に在学していたころはよく街中で声をかけられていた。
二十代後半に差し掛かったとはいえ、圧倒的な美貌《びぼう》を持つイリスに声がかからないはずがなかった。
だが、イリスは自分と付き合うための男に、自分より強いこと、経済的余裕があること、
そして容姿端麗《ようしたんれい》であること、という条件を設定していた。……してしまっていた。
だからこそ、それらすべてを満たしていない、ナンパや婚約の話を直接持ち掛けてきた
男すべてを返り討《う》ちにしていった結果――誰も付き合うことのできない存在として、
声をかけられることが無くなってしまったのだ。
「わ、私だって、自分の求める条件が厳しかったのは分かってるわよ？　だから、今は考
えを改めたのよ……！」
誰に言い訳をしているのか、焦《あせ》った口調でそう口にするイリス。
すると、そんな無防備なイリスの背後に、静かに一体の魔物《まもの》が忍《しの》び寄っていた。
その魔物は、A級の【アサシン・スネーク】と呼ばれる黒色の蛇《へび》であり、全長5メート
ルにも及《およ》ぶ巨体《きょたい》でありながら、スキルによって忍び寄る際の音や、気配を完全にシャット

アウトしていた。

さらには、その巨体すら隠《かく》すスキルを使用しているため、発見することは難しく、奇襲《きしゅう》によって、多くの冒険者《ぼうけん》たちが犠牲《ぎせい》となっていた。

アサシン・スネークは、静かに、そして冷静にイリスに狙《ねら》いを定め——。

「シャッ！」

「——お金持ちとかカッコいいとか贅沢《ぜいたく》言わないで、ただ私より強い人を求めてるだけなのよぉ！」

キィイン——。

再び澄《す》んだ金属音が聞こえると、アサシン・スネークは首と胴体《どうたい》を分断され、そのまま息絶えた。

襲《おそ》い掛かられたイリスの手には、またもいつの間にか剣が握《にぎ》られている。

「私より強い人、いないかなぁ……」

完全に緩《ゆる》めるべき条件を間違《まちが》えているイリスだが、イリスにとって、自分より強い人間というのは外せなかった。

恋愛を知らないまま育ち、恋に恋するイリスの妄想《もうそう》は膨《ふく》らみに膨らんで、自分を庇《かば》い、助けてくれるような王子様に憧《あこが》れていたからだ。

一度憧れた妄想を、イリスは捨てることができなかった。

どこか残念な『剣聖』イリスは、その強さこそ圧倒的だったが、婚期という強敵を前に、悪戦苦闘《あくせんくとう》しているのだった。

＊＊＊

『拳聖《けんせい》』の襲撃《しゅうげき》の後、ウサギ師匠はアカツキの【聖域】スキルのおかげもあり、無事傷を癒《いや》すことができた。

だが、失った体力は簡単には戻《もど》らないため、俺との修行《しゅぎょう》はお休みで、ウサギ師匠はどこかで休養していた。

とはいえ、普段《ふだん》からしている修行をサボるわけにもいかないので、ユティやナイトに手伝ってもらったりして、自分なりの修行を続けていた。

本当なら、オーマさんにも手伝ってもらいたいんだが、そもそもオーマさんと俺とでは実力差がありすぎるため、俺の修行にならないし、何よりオーマさんは面倒《めんど》くさがって手伝ってくれない。

修行の相手とまではいわないから、せめてどこが悪いとかのアドバイスをもらえればよかったんだけど……強要するのもよくないしな。

そんな感じで『拳聖』の襲撃以後だんだんと落ち着きを取り戻し、学校と両立した日々を送っていると、久しぶりにウサギ師匠が俺のもとを訪《おとず》れた。

《久しぶりだな》

「あ、ウサギ師匠！　お久しぶりです。大丈夫《だいじょうぶ》ですか？」

《問題ない。元々傷は癒《い》えていたからな。あとはゆっくり休み、体力を戻すだけで済んだ》

「それならいいんですけど……」

そうあっさりと体力が戻るものなのかと心配していると、ユティも異世界の庭に出てきた。

「心配無用。『聖』は、そこまで弱くない。何より、星からの供給がある」

「ほ、星からの供給？」

何だかんだ『聖』や『邪』に関《かか》わってきた俺だが、ここに来て、まだ知らない能力らしきものがあることをユティの言葉から察した。いや、俺としては関わることなく平穏《へいおん》に過ごしたいんだけどさ。

もちろん、ウサギ師匠と出会った当初、『聖』という称号が星から与えられるものだって説明を受けたのは覚えている。

すると、ユティの言葉にウサギ師匠は頷《うなず》く。

《ああ。お前と出会った時にも軽く話したが、俺たち『聖』は、星から選ばれ、称号を与えられる。そして、選ばれた『聖』は、後継者《こうけい》を育てる義務があり、その後継者に称号を受け継がせることで、『聖』は続いていく……まあ、中には後継者を見つけず、そのまま消えていったヤツもいる。それこそ、この間お前が相手にしたギルバート……『拳聖』には、弟子がいないからな》

「そ、それじゃあ次の『拳聖』は出てこないんですか？」

《いや。空白となった『拳聖』は、改めて星が選出し、その者に称号が与えられるはずだ。今すぐに選出されるかは分からんがな》

「な、なるほど……」

ウサギ師匠の言葉に俺が頷くと、ウサギ師匠は続けた。

《ここまで話して分かる通り、俺たち『聖』と星は、密接な関係にある。例えば、俺たちは星からの支援《しえん》というか……特別な恩恵《おんけい》を受けている。それこそ、他の生物より、体力などが回復するのが早いのも一つの恩恵だ。星としては、『邪』を俺たち『聖』に倒《たお》してもらわなければならないからな。だから、俺の体力は心配せずとも元に戻っている》

「そうですか……」

ひとまずウサギ師匠の言葉に一安心した俺だったが、俺はふとあることに気づいた。

「……あれ？　そうなると、あの襲ってきた『拳聖』や、ユティってどういう存在になるんですか？　ユティはまだ『弓聖《きゅうせい》』になってはいないとはいえ、『邪』の力を持ってましたし、『拳聖』に至っては、『聖』の力と『邪』の力の両方を持ってましたよね？　星としては、この状況って不味《まず》くないですか？」

俺の純粋《じゅんすい》な疑問に、ウサギ師匠《ししょう》は苦々しい表情を浮《う》かべた。

《……お前の指摘《してき》は正しい。この状況は、星にとって危険だ。『邪』に対抗《たいこう》するために生み出された『聖』が、星や人類に牙《きば》をむくわけだからな》

「なら、『聖』の称号って星からはく奪《だつ》されちゃったりしないんですか？」

《それは無理だ。星は与えることこそできるが、奪《うば》うことはできない。前に言っただろう？　俺たち『聖』はこの星の自浄作用《じじょうさよう》みたいなものだ。そして、『拳聖』のような例は、いわゆるその作用の暴走だ。制御《せいぎょ》できん》

「ええ……？」

なんて不便な存在なんだ。

『聖』っていう、味方なら強力な力だが、敵に回ると厄介極《やっかいきわ》まりない称号を星すらも剝奪《はくだつ》できないなんて……。

「……あと、もう一つ気になったんですけど、『邪』と戦うときって『聖』の人はステータスが倍になるんですよね？　『拳聖』とウサギ師匠が戦った時も、ウサギ師匠はステータスが倍になっていたんですか？」

俺の質問に、ウサギ師匠は疲《つか》れた様子でため息を吐《つ》いた。

《そうだったのならよかったがな……》

「え？」

《……つまり、俺のステータスは半減されたままだった》

「えええええ!?」

ウサギ師匠のまさかの発言に、俺は驚《おどろ》きの声を上げた。

すると、ユティが不思議そうに首を捻《ひね》る。

「疑問。私と戦った時も？」

《そうだ。俺たち『聖』は、『邪』と戦うときのみ、ステータスが解放される。つまり、戦う対象が同じ『聖』であったり、『邪』の力の一部を手に入れただけの存在では、ステータスは解放されない。俺のステータスが解放できるのは、本物の『邪』と戦うときだけだ》

「……」

もう、俺は何も言えなかった。

星から力を供給してもらったりできるとはいえ、中々大変じゃないか……？

いや、ここまでの制限がないと、それこそ『拳聖』みたいな人間が出てきたとき、ステータスが解放された状態になると手も足も出ないわけだ。

そして、ウサギ師匠が『拳聖』にやられたのも、ウサギ師匠はステータスが半減しているのに対し、『拳聖』は『邪《じゃ》』の力を扱《あつか》うことができたってことが大きいんだろう。

ますます『拳聖』のような、『聖』を冠《かん》する存在が『邪』の力を得た状況《じょうきょう》が多発するとヤバいなと思っていると、ウサギ師匠は俺を真剣《しんけん》な目で見てきた。

《そして、ユウヤ》

「は、はい」

《――――お前は、本物の『邪』の力を手に入れたわけだ》

「へ？」

まさかの発言に俺が驚いていると、ユティもウサギ師匠の言葉に驚いていた。

「否定。それはおかしい。ユウヤの中にある『邪』の力は、元は私のモノ。つまり、『邪』の力の一部でしかない」

《……俺もそう思っていた。だが、あの時のユウヤから漂《ただよ》う力は、『邪』の一部だけでは説明がつかぬほど、濃密《のうみつ》かつ強力だった。完全に『邪』の力が馴染《なじ》んでいたと言っていい》

「えっと……」

《つまり、俺がかつて対峙《たいじ》した『邪』と同じ質の力だということだ。ユティの時は、『邪』の力が混じっているという感じだったが、お前の場合は全身が『邪』の力で満ちていた》

一応、『拳聖』が襲撃してきたときのことは、ユティやウサギ師匠から話を聞いていた。

信じられないが、どうやら『邪』の力を暴走させた俺が、『拳聖』を倒してしまったらしい。そんなことを言われても、その時のことは全く覚えてないし……。

そして、その暴走した力こそが、『邪』の力そのものらしく、どうやらユティから引き受けた『邪』の力の一部が強大化したらしい。説明されても俺自身はピンときてないんだけどな。

すると、『拳聖』の襲撃から何の音沙汰《おとさた》もなかった俺の中にいる『邪』の声が、急に聞こえてきた。

『ふわぁ……よく寝《ね》たぜぇ……』

「あ！」

「？」

《どうした？》

俺が声を上げたことで、ユティとウサギ師匠は不思議そうな顔を向ける。

そこで俺は、たった今、俺の中にいる『邪』が目を覚ましたことを告げると、ウサギ師匠から『拳聖』との戦いのことを訊《き》いてみるように勧《すす》められた。

「えっと、おはよう」

『あ？　って、おお。くたばってなかったか！　ハハハ。って……どうした？　よく見りゃ、【蹴聖《しゅうせい》】の野郎《やろう》や前の宿主までいるじゃねぇか』

「いや、この間『拳聖』が襲《おそ》ってきただろ？　その時の俺の力が、ユティの時と違《ちが》って、どうやらお前の力っていうより、『邪』そのものの力だったみたいなんだ。なんか知らないか？」

『ああ、そういうことか……簡単な話だ。テメェの心が白すぎたのが原因だ』

「は？」

予想外の言葉に、俺は思わずそんな反応をしてしまう。

「し、白すぎたからって……どういうことだ？」

『言っただろ？　オレはお前を乗っ取ろうとしたが、お前の心が白すぎて乗っ取る隙《すき》が無かった。だが、あの時お前はそこにいる【蹴聖】の野郎が【拳聖】にやられてる姿を見て、怒《おこ》ったのさ』

「怒った？　そりゃああの時は許せなかったけど……」

『その時の怒《いか》りは、どす黒く、ユティの復讐心《ふくしゅうしん》をも遥《はる》かに超《こ》えるものだったんだよ。その黒い心が、オレすら呑《の》み込んで、お前の中に確かに【邪】の力を生み出しちまったんだ。つまり、お前自身が原因ともいえるな。とはいえ、普通《ふつう》の人間が怒りだけで【邪】を生み出すことはねぇ。そこは、オレの存在が切っ掛《か》けだったたってことだな』

「ええ？」

『それに、お前が【邪】に適性がある存在だったたってのも大きいだろう。あんな感情を生み出せて、さらに【邪】と適合できるヤツなんてまずいないんだぜ？　大概《たいがい》は、そのまま【邪】に心を呑み込まれて終わりだよ』

「ま、マジかよ……」

どうやら、俺の中にいる『邪』の力と、俺の怒りが化学反応的なものを引き起こした結果が、完全な『邪』の力の発現だったらしい。それに、俺が『邪』に適合できる存在だったってのも大きいみたいだ。

ただ、なんで『邪』と適合できたんだろうか？

そこまで考えて、俺はふと俺が元々持っていた【忍耐《にんたい》】を思い出した。

まさか、これのスキルの効果なんだろうか？

そんな俺の説明を聞いたウサギ師匠は、顔をしかめた。

《……厄介なことになったな》

「その……どうすればいいんですかね？」

《どうするも何も、お前はその力を使いこなす以外の選択肢《せんたくし》はない。でなければ、俺たち『聖』の討伐《とうばつ》対象になるぞ？》

「ええ⁉　そ、それは困ります！」

巻き込まれた挙句、討伐されるとか冗談《じょうだん》じゃない。

焦《あせ》る俺に対し、ウサギ師匠は大きなため息を吐いた。

《はぁ……これからの修行《しゅぎょう》は、お前にその力を使いこなしてもらうためのものになる。その一つとして、お前の内側にいる『邪』と対話をしていくのが重要となるが……どうやらそこは大丈夫《だいじょうぶ》そうだな》

「まあ、そうですね。なあ？」

『ケッ……お前が勝手にオレに話しかけまくるんだろうが』

俺に声をかけられた『邪』の力は、そっけない態度でそう言ってきた。

そんな俺と『邪』の会話をウサギ師匠たちは見ている。まあ、『邪』の力の声は俺にしか聞こえないんだけどね。

「うーん……でも、ウサギ師匠の言う通り、お前と対話をするのなら、お前にも呼び名がいるよな？」

『ああ？　呼び名だあ？』

「うん。だって、毎回『邪』の力って呼ぶのもおかしいだろ？」

存在としては、俺の内側にある『邪』の力の欠片《かけら》ではあるんだけど、こうして意思疎通《いしそつう》ができる以上、名前がある方がいいと思うんだよな。

その方が、対話もしやすくなるだろうし……。

「だからさ、俺が名前つけてもいいかな？」

『……ケッ。勝手にしろよ』

そっけない態度が続くが、拒絶《きょぜつ》しないのでそこまで嫌《いや》がっていないのかもしれないな。

さて、いざ名前をつけるとなると……あれだな。

最初に見た時のイメージが強いんだよなぁ。

あれこれ悩《なや》んだ俺だったが、やはり最初のイメージが中々頭から離《はな》れず……。

「うーん……『クロ』とかじゃダメかな？」

『はあ？　クロぉ？』

「うん。だって、初めて会った時、黒色バージョンのユティだったし」

俺がそう言うと、なんとユティとウサギ師匠が俺を驚きの目で見てきた。あ、あれ？

「驚愕《きょうがく》。安直すぎる」

《……さすがにそれはないだろう》

「そ、そこまで⁉」

……いや、二人の反応が普通か。安直すぎるし、ただの色じゃん。

『いいぜ、クロで。分かりやすくていいじゃねぇか』

「ごめん、やっぱり――」

「ええ⁉　本当にいいの⁉」

『……お前が決めたんだろうが』

まさか、『邪』の力――改め、クロが素直《すなお》に受け入れてくれるとは思わなかった。

すると、クロは呆《あき》れた様子で言う。

『変に仰々《ぎょうぎょう》しい名前を付けられるよりマシだ。むず痒《がゆ》くなる』

「そ、そういうもんなのか？」

よく分からずに首を傾《かし》げていると、ユティとウサギ師匠《ししょう》が口を開いた。

「提案。名前、『トート・シュヴァルツァ』。これで決まり」

《フッ。小娘《こむすめ》は何も分かっていないな。『邪郎丸《じゃろうまる》』がいいに決まっている》

『……クロで大正解だわ』

「そ、そうか」

　ユティとウサギ師匠が提案した名前は、クロはお気に召《め》さなかったらしい。どちらも俺よりは凝《こ》っていいと思うけどな。ユティの名前はどういう意味なのかサッパリ分からないけど。

《フン。いささか不満ではあるが、呼び名が決まったようだな》

「あ、はい」

《では、さっそく修行だ。『邪』の力を解放しろ》

「へ？」

　ウサギ師匠からのまさかの発言に、俺は間抜《まぬ》けな声を出した。

　よく見ると、ユティも驚《おどろ》いている。

「警告。ユウヤの力、危険。迂闊《うかつ》に解放すると……」

《だから、普段《ふだん》から慣らしておくんだ。今は俺だけでなくお前もいる。『拳聖《けんせい》』の襲撃《しゅうげき》とは状況も違うから、あの時のような完全な解放までは行かないだろう》

「そ、そうなんですかね？」

　俺が首を捻《ひね》っていると、気怠《けだる》そうにクロが補足してくれた。

『安心しろよ。オレを受け入れた直後と違って、【邪】の力は多少使えるはずだ。あの時は、オレが切っ掛けとはいえ、お前自身で【邪《じゃ》】を生み出したようなもんだからな。自分で生み出した力なら、自然と体が解放する方法を分かってるはずだ』

「そ、そうなのか……」

『それに、解放っていっても、【邪】のエネルギーになるような負の感情が今お前の中にはねぇからな。暴走もしねぇよ』

一応、俺の意思で『邪』の力を解放できる上に、暴走する心配もないようだ。

「それなら、修行のお手伝い、よろしくお願いします」

《フン。任せておけ。以前より、厳しく行くぞ》

「お、お手柔《てやわ》らかに……」

やる気満々のウサギ師匠とユティの手を借りて、俺は本格的に『邪』の力を使いこなすための訓練を始めるのだった。

＊＊＊

『……さて、ユウヤが【邪】の力を使いこなすのにどれほど時間がかかるかな』

優夜がウサギと修行を始めた頃《ころ》、地球の家で昼寝《ひるね》をしていたオーマは、片目を開け、そう呟《つぶや》いた。

『まったく……【聖】だの【邪】だのくだらぬ。余計な力を手に入れたことで、それを扱《あつか》うための修行とは……ユウヤも難儀《なんぎ》だな』

「わふ？」

すると、同じように地球の家で休んでいたナイトが、オーマの呟きに対して首を傾げた。

『この【チキュウ】という……【聖】も【邪】もいない世界にいながら、別の世界でそれらに巻き込まれるユウヤが不憫《ふびん》だという話だ』

「わふぅ……ワン」

ナイトは少し考える仕草をしたのち、オーマの言葉に対して肯定《こうてい》するように頷《うなず》いた。

『ナイトもそう思うか。【邪】も面倒《めんどう》な存在よな。世界の覇権《はけん》を握《にぎ》るために攻撃《こうげき》を仕掛《しか》けるとは……いっそ、星ごと滅《ほろ》ぼそうか』

「ワン」

ナイトがそれはダメだと言わんばかりに強く吠《ほ》えると、オーマは面倒くさそうにため息を吐《つ》いた。

『そう怒るな。冗談だ。そんなことはユウヤも望まぬだろうし……何より、ヤツもそれは願っておらんだろうな』

オーマはそう言いながら、もうこの世にはいない賢者《けんじゃ》を思い、遠くを見つめた。

　すると、そんな暗い話をしている横で、腹を見せて寝《ね》ていたアカツキが目を覚ました。

「ふご……ふご？」

『ん？　アカツキも目覚めたか』

「ふご……ぶひ。ぶひ……」

　アカツキは目覚め、そのまま起き上がるのかと思えば、家に優夜がいないことに気づき、そのまま二度寝《にどね》を始めた。

『……コイツは本当にマイペースだな。ユウヤもアカツキを多少見習った方がいいのではないか？』

「わ、わふぅ……」

　オーマの言葉に、ナイトは何とも言えなかった。

『まあ良い。ユウヤも修行を始めたことだし、我ももうひと眠《ねむ》り――――』

　オーマがそこまで言いかけた瞬間《しゅんかん》だった。

『――――ん？』

「わふ？」

　突然《とつぜん》、不可解な表情で体を起こし、地球の家の玄関《げんかん》の方を見つめるオーマ。

　その目は、玄関というより、地球という世界に向けられているようだった。

そんなオーマの様子に、ナイトが不思議そうに首を傾げる。

『ナイトは気づかなかったのか？』

「わふ……」

『……ふむ。まあ、今のナイトでは厳しいか。成長すれば、分かるのだろうが……』

オーマはそう言いながら、地球へと意識を向ける。

『(……微《かす》かにだが、この【チキュウ】とやらから【邪】の気配を感じた……まあ【邪】そのものの力ではなさそうだが……ともかく、そんな存在がこの星にいるのはおかしい。今までもこんな気配は感じたことがなかった訳だからな)』

なんと、オーマは地球から微かに『邪』の気配を感じ取っていた。

何故《なぜ》、地球から『邪』の気配がするのか。また、どこから『邪』の気配が発生したのか……それは、一瞬《いっしゅん》の出来事だったため、オーマにも分からなかった。

『(気のせい……ではないはずだ。微かとはいえ、確実に感じた。だが、今はその気配が綺麗《きれい》に消えている……ふむ。分からん)』

あれこれ考えるも、地球にはドラゴンがいないため、家の外に出てはいけないとユウヤから言われているオーマには確かめる術《すべ》がなかった。

『まったく、こういう時に不便だ。いっそユウヤに黙《だま》って出かけるか？』

「わふ!?　ウォン！」

オーマの言葉に驚いたナイトが、慌《あわ》てて止めにかかると、オーマはため息を吐いた。

『はあ……冗談《じょうだん》だ、冗談。さすがにそのようなことはせんよ。とはいえ、我が外に出たいという気持ちも察してほしいところだがな』

「わ、わふぅ」

ナイトとは違《ちが》い、オーマが地球を自由に出歩けないことを知っているため、ナイトもそれ以上は何も言うことができなかった。

別にナイトが悪いわけではないのだが、ついションボリとしているナイトに対して、オーマは苦笑いを浮《う》かべた。

『(まったく……この我と並ぶ伝説の種族、【ブラック・フェンリル】だというのに、ずいぶんと素直で可愛《かわい》いものだ。しかし……地球から【邪】の気配がしたことをユウヤに伝えるべきか？)』

オーマがそう考えた瞬間だった。

ボーン、ボーン。

『む！　飯の時間か！』

ちょうどお昼を告げる時計が鳴り、オーマの意識は一気に昼食へと向かった。

地球を見て回れないオーマにとって、食事は数少ない異世界を感じることのできるものの一つであり、だからこそ、オーマは食事の時間を何よりも楽しみにしていた。

そのため、オーマの頭からは地球で感じた『邪』の気配についての記憶《きおく》がすっかり抜《ぬ》けてしまった。

優夜からすると大問題ではあるのだが、オーマの感覚で考えると、『邪』がどこに現れようとも問題なく、それ以上に食事への興味が大きかったのだ。

これこそが、優夜と絶対強者であるオーマとの感覚のずれだった。

『ふむ。今日の飯は何であろうな？　久しぶりにカレーも食べたいな』

オーマはそう言うと、ウキウキとした様子で優夜に食事の催促《さいそく》に向かった。

――この結果が、優夜にとってどう影響《えいきょう》するのか……それはまだ、誰《だれ》にも分からなかった。

＊＊＊

ウサギ師匠とユティに手伝ってもらいながら、『邪』の修行《しゅぎょう》を始めて数日が経《た》った。

確かにクロの言う通り、『邪』の力を解放することはできたが、思うように出力調整するというか、力加減するのが難しかった。

『邪』の力を解放すると、確かにステータスが上昇《じょうしょう》し、とんでもない威力《いりょく》の攻撃を繰《く》り出すことができた。

だが、あまりにも威力が強すぎて、俺自身その力に振《ふ》り回されるし、ユティと初めて会った時のように街中で戦闘《せんとう》するようなことがあれば、周囲への被害《ひがい》がとんでもないことになる。

それに、『邪』の力は長時間解放することもできず、組手の修行中に突然『邪』の力が切れて、いきなり普通《ふつう》の状態で組手をすることになったりもした。

……『邪』の力があるときは、ウサギ師匠《ししょう》とも戦えてたのに、力が切れたとたんにボコボコにされちゃったからね。

ちなみに、ウサギ師匠は俺と組手をする際、俺の力が『邪』そのものということもあり、ステータスが二倍になるのか訊《き》いたら、そこは調整できるとのことで、俺との組手の時は半減もしくは通常のステータスで戦ってもらった。

それでもボコボコにされたのは、純粋《じゅんすい》にレベルの差が大きく、元々ステータスが大きく開いているからだ。

そして今も、『邪』の力を駆使《くし》しながら、ウサギ師匠と組手をしていた。

「ハッ！」

《フン！》

『邪』の力を纏《まと》った俺の蹴《け》りは、まるで柳《やなぎ》のようにウサギ師匠の蹴りで受け流され、そのまま反撃《はんげき》される。

ちなみに、『邪』の力を使った俺の姿は、体から『邪』の黒いオーラが溢《あふ》れ、瞳《ひとみ》が赤く変化しているらしい。

『おいおい、受けられてんじゃねぇか』

「分かってるよ！」

そして、『邪』の力を使う際、クロに協力してもらい、俺の中にある『邪』の力をクロが制御《せいぎょ》することで、何とかコントロールできるようになっていた。

てか、やっぱりウサギ師匠はとんでもないな……こっちの攻撃が悉《ことごと》く受け流される！

ただ、俺もそんなウサギ師匠の動きを見ていることで、その技術を少しずつ取り入れることができていた。

よく分からないが、最近よくウサギ師匠やユティの動きが目でしっかりと捉《とら》えられるようになったのだ。なんでだろう？

そんな組手を続けていると、俺はふと何か大切なことを忘れているような気がした。

あれ？　何だろう？

すると、そんな俺の様子を察したウサギ師匠が、さらに攻撃を激しくした。

《修行中に考え事とは言い度胸だな……！》

「へ？　あ、その……うわっ⁉」

ウサギ師匠の攻撃を捌《さば》きながらも、俺の意識はやはりその忘れている何かを思い出そうと必死になっていた。

何だ……何を忘れているんだ？

こうして必死に頭を働かせていると、俺はついにその忘れていることを思い出した！

「あ……ああああああ！　もうすぐ定期テストがあるんだったあああああ！」

完全に頭から抜けてたよね！　予習復習は毎日してるけど……。

「や、ヤバい！　テスト勉強しないと……！」

《修行に集中しろ》

「で、でも、テスト勉強しないと修行にも集中でき――――」

《うるさい》

「ぐへ⁉」

ついに俺はウサギ師匠の攻撃を受けてしまい、そのまま吹《ふ》き飛ばされる。

「べ……勉強しなきゃ……」

最後にそう言うと、俺は意識を失う。

——こんな感じで順調……と言えるかは分からないが、『邪』の力を扱《あつか》うための修行は続いていくのだった。

第二章　皆《みんな》と海へ

ウサギ師匠を何とか説得して、勉強にも本腰《ほんごし》を入れ、満足できるまでテスト対策をすることができた俺。

そして今日は、ちょうど定期テストの最終日だった。

「お、終わった～！」

最後のテストが終わると、楓《かえで》が教室中に聞こえるような声でそう叫《さけ》び、思いっきり伸《の》びをしていた。

その際、楓の胸に思わず視線が向きそうになるのを必死に逸《そ》らす。

よく見ると、他《ほか》の男子生徒はそんな楓をガン見していた。そんなに見て大丈夫《だいじょうぶ》なのか……？　怒《おこ》られるぞ……。

思わずそう思っていると、そんな楓に凜《りん》が近づく。

「ちょっと、楓？　そりゃあさすがにサービスが良すぎるんじゃない？」

「ふぇ？　サービス？」

「胸」

凛に指摘《してき》され、楓はゆっくり自分の状況《じょうきょう》を確認《かくにん》した。

そして……。

「〜〜！」

顔を真っ赤に染め、すぐに伸びをやめた。

その様子を見て、周囲の男子生徒からあからさまにガッカリした声が聞こえてくる。

「ああ……！」

「神崎《かんざき》のヤツ、余計なことを……！」

「儚《はかな》い桃源郷《とうげんきょう》だったな……」

「――――男子、全部聞こえてるからね？」

凛が青筋を立てながらそう言うと、男子生徒は一斉《いっせい》に姿勢を正した。わ、分かりやすいな……。

俺がそんなやり取りを見ていたことに気づいた楓が、まだ頬《ほお》が赤いまま俺のところにやって来た。

「ゆ、優夜《ゆうや》君はテストどうだった？」

「え？　あ、ああ。ちゃんと勉強したものが反映できたかなって……」

「そうなんだぁ……私は、凛ちゃんに勉強見てもらったんだー。そしたら、凛ちゃんが予測してた問題がたくさん出たんだよ！」

「え、すごいね⁉」

楓の言葉に思わず凛の方に視線を向けると、凛は照れ臭《くさ》そうに頭をかいていた。

「大したことじゃないさ。先生の特徴《とくちょう》さえつかめば、誰でも予測できるよ」

「……絶対ウソだ」

「俺もそんな簡単じゃないと思うけど……」

そもそも、先生の特徴をつかむってどういうことなんだろうな。

まあ、俺は元々要領が悪いから、テスト範囲《はんい》を全部勉強しちゃうんだけどさ。

それでも、レベルアップしたおかげか、確実に物覚えが良くなっている。それに、何か目がよくなったというか、勉強の内容が一瞬《いっしゅん》で頭に流れ込んでくるというか……何だろう？　この感じ。

レベルアップする前は、それこそ予習復習しても全然身になってなかったもんなぁ。

思わず遠い目をしていると、亮《りょう》や慎吾《しんご》君といった、俺と仲良くしてくれてるメンバーが集まってきた。

「おー、何か集まってんなー」

「み、皆、テストどうだった？」

「うん、思ったよりできたかなぁって」

「私も問題ないね」

「大丈夫だと思うけど……いや、大丈夫だと思いたい」

「いや、アンタはアタシが面倒《めんどう》見たんだから、そんな情けないこと言わないでくれよ……」

渋《しぶ》い顔をする楓に対し、凜が呆《あき》れた様子でそうツッコんだ。

そんなやり取りに苦笑いを浮《う》かべていると、隣《となり》の席である雪音《ゆきね》がボーッとしていることに気づいた。

「ん？　雪音はどうしたの？」

「……疲《つか》れたなって」

「そ、そうか……ちなみに、テストのできは……？」

「……人生、楽しいことだけ考えたいよね」

つまり、あまりよくはなかったみたいだ。

そんな会話をしていると、他の生徒はどんどん帰宅または部活へ向かって行く。

「あれ、そういえば……楓は部活は大丈夫なのか？」

亮がふとそう訊くと、楓は頷《うなず》いた。

「うん。部活自体は明日《あした》からなんだー」

「そういや、雪音も部活は大丈夫なのかい？」

「え？　氷堂《ひょうどう》、部活してたのか？」

驚《おどろ》いた様子で亮が雪音を見るが……雪音、部活に入ってたんだ。何部だろう？　軽音部かな？

「……ん。オカルト研究部」

「予想外なところきたな!?」

ただ、楓と凜は知ってたらしく、特に驚いた様子はない。

「……それと、部活は自由。そして、今日は特に実験用の本とか持ってきてないから」

「き、気を付けてね……」

楓は何故《なぜ》か、頬を引き攣《つ》らせながら雪音にそう言った。何かあったんだろうか？

「って、そうだ！　こうしてテストが終わったんだし、あとちょっとで夏休みだよ！」

「あー、そういえばそうだな」

「……テストのことで手一杯《いっぱい》だった」

「そ、それは私もだけど！」

「……楓と雪音はもう少し余裕《よゆう》をもって勉強するべきだね」

「あ、あははは……」

楓の言葉で気づいたが、確かにあと少しで夏休みだ。

だからと言って、俺は特に予定はないが……強《し》いて言うなら、異世界で過ごす時間が増えるくらいだろうか？　早く【大魔境《だいまきょう》】の全域も調べてみたいしな。

そんなことを考えていると、楓が目を輝《かがや》かせて提案する。

「だからさ、皆で遊ぼうよ！　夏祭りもあるし、ね⁉」

「そりゃあいいけど、アンタ、夏休みは遊ぶだけじゃないからね？」

「え？　違《ちが》うの？」

「……こりゃ重症《じゅうしょう》だね」

「そ、その……夏休みの宿題も、あるんじゃないかな？」

「ッ‼」

「しかも、大量にあるって聞いたことあるねぇ」

「ッ⁉」

慎吾君と凜の言葉に、楓と雪音は愕然《がくぜん》としていた。え、本当にないと思ってたのか⁉

……いや、学校によってはないところもあるんだろうけどさ。

楽しいだけの夏休みじゃないと気づいてしまった二人が、燃え尽《つ》きた灰のように真っ白になっていると、不意に教室の扉《とびら》が開いた。

「――あの、優夜さんはいらっしゃいますか？」

「え？　あ、佳織《かおり》？」

「あ、優夜さん！」

教室にやって来たのは、佳織だった。

佳織は俺の姿に気づくと、そのままこちらにやって来る。

「よかった、まだ帰っていなかったんですね」

「まあね。それよりも、何か俺に用事だった？」

「そうです！　それに、皆さんもいらっしゃいますし……ちょうどいいですね」

『？』

佳織の言葉にみんなが首を傾《かし》げると、佳織が笑《え》みを浮かべる。

「はい！　テストも終わったので、もうすぐ夏休みじゃないですか。そこで、よろしければ皆さんを私の家の別荘《べっそう》に招待しようかと思いまして……」

『別荘!?』

まさかのお誘《さそ》いに、俺たちは声を上げて驚く。べ、別荘って……そういえば、最近は忘れかけてたけど、佳織の家ってお金持ちだったな。

「その別荘ですが、近くに海もありますし、皆さん一緒《いっしょ》にどうかなと思いまして……」

「ホントに⁉ やったー！ 海だよ、海、海！」

「そ、そりゃあアタシたちとしては願ったりかなったりだけど……」

「うんうん！」

「……でも、いいの？」

「もちろんです！ 皆《みな》さんにはよくしてもらいましたので……」

「よくって……ねぇ？」

「う、うん。大した事した記憶《きおく》がないんだけど……」

「そんなことないですよ！ 皆さん、私を誘って遊んでくださいましたし、今度は私が皆さんをご招待したいんです！」

楓たちは別に特別な意味があった訳ではなく、普通《ふつう》に友達として、今まで遊びに誘っていたのだ。

だが、それが中々同年代の子と遊ぶ機会のなかった佳織には新鮮《しんせん》で、嬉《うれ》しいことだったらしい。

すると、そんな楓たちの反応を見ていた亮が、困ったように頬をかく。

「あー……その、俺らもいいのか？」

「もちろんですよ。前に一緒《いっしょ》に遊んだじゃないですか！　亮さんと慎吾さんも、一緒にいらしてください」

佳織の言葉を受け、亮と慎吾君もお呼ばれすることになった。

「では、また詳《くわ》しい日程など決まりましたら、お伝えしますね」

最後に佳織はそう言うと、教室を出ていった。

それを見送ると、楓は喜びの声を上げる。

「～～！　やったー！　皆で海いけるね！　ね⁉」

「ま、まさか佳織さんから招待されるとは思わなかったけど……」

「確かにな。でも、せっかくだから楽しもうぜ！」

「いえーい！」

亮の言葉に楓が盛り上がっていると、凜がニヤリと笑った。

「ま、遊ぶためには宿題をしないとね」

「「うっ！」」

凜の言葉は雪音にも効いたらしく、雪音も楓と一緒に呻《うめ》くのだった。

＊＊＊

佳織の別荘に招待されてから、全員の日程が合う日を決め、ついに夏休みに突入《とつにゅう》した。

そして、俺たちは今、佳織の別荘の前に来ていた。

「で、デケェ……」

「いや、学校の規模から想像はできたが……」

「う、うん。いざ目《ま》の当たりにすると……」

俺と亮、慎吾君は、今回俺たちが泊《とま》る別荘を前に唖然《あぜん》としていた。

招待された別荘は、元々お金持ちの人が別荘を建てる場所の中でも人気のところにあり、自然の中に建てられたログコテージだった。

だが、コテージの中はエアコンなどが完備されており、近くにはコンビニやスーパーまであるのだから、立地としては最高だろう。

何より――――。

「うわぁ！　海だ、海だよ、凜ちゃん！」

「はいはい、分かったから」

「……ん、いい眺《なが》め」

コテージから歩いてすぐの位置に、海水浴場があるのだ。

その海水浴場を前に、楓が目を輝かせていると、コテージの準備をしてくれていた佳織が笑顔《えがお》でやって来る。

「喜んでいただけたようで何よりです」

「そりゃもちろん！」

「……感謝」

「ふふふ……では、皆さんを部屋に案内するので、荷物を持ってついて来てください」

『はーい』

佳織に促《うなが》され、俺たちはコテージの中へと入っていった。

当然、寝室《しんしつ》は男女別だが、俺たち男子が寝《ね》る部屋はとても広く、男子三人が一緒に寝るのに全然余裕があった。この感じだと、女性の部屋もかなり広いだろう。

……っていうか、今さら気づいたのだが、女の子と同じ屋根の下で過ごすなんて……。

もちろん、今の俺の家にはユティがいるが、それもまだあまり慣れていないのだ。

そんな中で、こうして他《ほか》の女の子たちとプライベートでお泊りするなんて……未《いま》だに信じられない。

部屋に荷物を置き、一息ついていると、男子の部屋に楓たちがやって来た。

「さあ！　みんな！　海に行くよ⁉」

「げ、元気だね、楓さん……」

「そりゃそうだよ、慎吾君！　この日を楽しみにしてたんだから！」

「ま、珍《めずら》しく夏休みの宿題を頑張《がんば》ったくらいだからねぇ」

「……思い出したくない。でも、頑張った」

凛の言う通り、俺たちはこの日のために、それぞれが夏休みの宿題を早めに終わらせたのだ。

元々俺は、長期休暇《きゅうか》の宿題は早めに終わらせるタイプだったが、楓と雪音は違ったようで、この場所に来るまでは宿題のせいで死にかけていたらしい。

「よし、じゃあさっさと着替《きが》えて、さっそく海に遊びに行きますかね？」

「おー！　ってわけで、私たちは着替えて来るねー！」

そう言うと、楓たちは女子の部屋に帰っていく。

すると、一人佳織が残り、俺のことを手招きした。

「あの、優夜さん」

「ん？　どうした？」

「そういえば、ユティさんや、オーマさんたちはよろしかったんですか？」

「あー……」

俺は佳織の言葉に苦笑いを浮《う》かべた。

「ユティは、遠慮《えんりょ》するってさ。元々、人の多いところは苦手らしいんだ」

「そうなんですね……その、でしたら学園への編入を勧《すす》めたのは迷惑《めいわく》だったんでしょうか？」

「あ、それは大丈夫《だいじょうぶ》！　学校は友達とかできて、楽しいらしいからさ」

「それならよかったです！」

そう、ユティは無事学校で友達ができたようなので、ひとまず俺としては安心だ。

何なら、この夏休みの間にその友達と遊ぶ約束までしているみたいだからな。

「それと、オーマさんもユティと同じ理由で遠慮するってさ」

「そうなんですか？」

「うん。ただ、オーマさんやナイトたちにご飯を用意しないといけないから、途中《とちゅう》で魔法《まほう》で帰ったりするけどね」

「……本当に、優夜さんの魔法は便利ですね」

佳織は俺の言葉に苦笑いを浮かべた。佳織の言う通り、転移魔法って便利だよなぁ。その分、人に見られないように気を付けないといけないんだけどさ。

俺の説明を聞いた佳織も、楓たちと一緒に着替えに戻《もど》り、俺もこの日のために用意した水着に着替え、亮たちと一緒にビーチに向かうのだった。

＊＊＊

「おー、混んでんなぁ」

「そ、そうだね」

「場所とれるかな？」

亮たちと一足先にビーチにやって来た俺たちは、パラソルなどを手に持ち、空いていそうな場所を探していた。

ただ、今日は絶好の海水浴日和《びより》で、気温も高く、人が多い。

「んー……お、ちょっと遠いけど、あそことかいいんじゃないか？」

亮が指した場所は、確かに人混みからは少し離《はな》れていて、スペースが空いていた。

「じゃあ、優夜。俺たちはパラソルとか立ててくるから、ここで楓たちを待っててくれないか？」

「え？　いいけど……手伝わなくてもいいの？」

「これくらい、俺と慎吾で設置できるからよ」

「う、うん。だから、優夜君は楓さんたちを連れてきてくれればいいよ」

「分かった」

亮たちにそう頼《たの》まれた俺は、楓たちを待つことに。

「それにしても……変じゃないかなぁ？」

俺はそう言うと、自分の恰好《かっこう》を見下ろした。

なんせ、今まで学校の授業で使う水着しか持っていなかったのだ。

そのことを亮たちに相談すると、遊ぶ用の水着もあったほうがいいと言われたので、ちょっと背伸《せの》びをして買ってみたんだが……。異世界で手に入れた素材を換金《かんきん》したおかげで、お金もあったしね。贅沢《ぜいたく》しちゃったぜ。

自分の恰好を確認《かくにん》していると、ふと周囲の人たちが俺に視線を向けていることに気づいた。

「……あの人、すごくかっこよくない？　声かけちゃう？」

「ね。てか、どこかで見た気が……あぁ⁉　前に雑誌に載《の》ってた人じゃない⁉」

「本当だ！　わぁ……写真は加工してるのかと思ったけど、本当にカッコいいじゃん……」

「てか、何あの腹筋！　ヤバくない⁉　バキバキじゃん！」

「んー、いい筋肉だ。よく鍛《きた》えられている」

「腹筋板チョコだぜ！　腹斜筋で大根もすりおろせそうだ！」

……なんか変わった声も聞こえるが、気のせいだろう。

妙《みょう》に居心地《いごこち》の悪さを感じつつ、楓たちを待っていると、ふと声がかけられた。

「あ、あのぉ……」

「はい？」

声の方に視線を向けると、見知らぬ女性が複数人そこに立っていた。

「ど、どうかしましたか？」

つい、緊張《きんちょう》して言葉に詰《つ》まりながらそう訊《き》くと、女性たちは顔を見合わせる。

「やっぱり！」

「うん！　……あの、前に美羽《みう》ちゃんと一緒《いっしょ》に雑誌に載ってた方ですよね⁉」

「え？　あ……はい。そうですけど……」

「あ、あの！　写真いいですか⁉」

「しゃ、写真⁉」

なんで俺なんかの写真が欲《ほ》しいんだ⁉

慌《あわ》てふためく俺をよそに、女性たちは俺と距離《きょり》を縮めてくると、スマホを取り出して一緒に写真を撮《と》った。

「あの、ありがとうございます！」

「え、いや、その……」

訳も分からぬまま、写真を撮り終わると、女性たちは楽しそうな様子で去っていった。

あ、嵐《あらし》のようにやって来て、嵐のように去っていくってこういうことを言うのかな……。

呆然《ぼうぜん》とその姿を見送っていると、佳織の声が聞こえた。

「優夜さん！」

「え？　あ、佳織……⁉」

そして、俺は佳織の姿を見て、目を奪《うば》われた。

佳織は白色の可愛《かわい》らしい水着とパーカーを羽織っており、俺の様子に気づくと、恥《は》ずかしそうに視線をそらした。

「そ、その……水着……変じゃ、ないでしょうか……？」

「へ⁉　い、いや！　全然！　似合ってる！　似合ってるよ⁉」

もはや緊張しすぎて自分でも何言ってるのかは分からないが、俺の言葉に佳織は嬉《うれ》しそうに笑った。

「そ、そうですか……優夜さんにそう言ってもらえると、よかったです」

「……」

ヤバい。

ここに来るまで、完全に意識してなかったけど……海で遊ぶってことは、皆《みんな》水着姿にな

るんだよな⁉　そりゃそうか！　着替えるって言ったもんね⁉

完全に学校の授業と同じくらいの意識でいたため、何も考えていなかったが、よくよく考えれば女性たちはこうして綺麗《きれい》な水着姿になるのだ。

……あれ？　これってつまり――――。

「あ、優夜君！　おーい！」

「ふぅ、外は暑いねぇ～」

「……溶《と》ける」

緊張で固まる俺をよそに、佳織に続いて楓たちも俺のもとにやって来た。

楓はフリルのついた可愛らしい水着とホットパンツ姿で、凛は黒色のスポーティーな水着を、そして雪音はサロペットタイプの水着に、浮き輪《わ》を持っていた。

それぞれとても似合っており……ど、どうしよう⁉　視線の置き場がない⁉

全員魅力《みりょく》的なため、目のやり場に困った。

「お、おい、あそこ……」

「うお⁉　レベル高っ！」

「声かけね？」

「いや、あの男のツレじゃね？」

「う、羨《うらや》ましいぃぃぃいい！」

佳織たちの水着姿に、周囲の男性陣《じん》は見惚《みと》れていた。

よく見ると、女性も何人か見惚《みと》れている。女性から見ても綺麗なんだなぁ……。

佳織たちの姿に逆に現実味を感じなくなった俺は、思わず遠い目でそう思ってしまった。

すると、そんな俺の様子に、楓が不思議そうに顔を覗《のぞ》き込んできた。

「優夜君？　どうしたの？」

「へ？　あ、いや、何でもないよ！」

「そう？　それで、その……どうかな？」

「うぇ⁉　似合ってるよ⁉　う、うん！」

楓が頬《ほお》を赤く染めそう訊いてきたので、俺は声を上ずらせながらそう答えた。

「そっか……そっかぁ……えへへへ……」

「む……」

果たしてどう答えるのが正解なのか、ようやく最近異性とまともに会話できるようになった俺に分かるわけがなかった。

ただ、楓が嫌《いや》がっている様子はないので、致命的《ちめい》な間違《まちが》いは犯《おか》してない……はず……！

「……優夜。私は？」

何も分からない俺に、追撃《ついげき》するかのように雪音までそんなことを訊いてきた！

「えっと……」

こういう時、なんて言えばいいんだ？　同じように似合ってるでいいのか？　そもそも、雪音は俺に何を求めているんだ⁉

もう正解が分からず、混乱していると、何故《なぜ》か雪音は自分の胸に手を置き、楓を見た。

「……やっぱり胸か」

「なんの結論⁉」

特に何も思ってないし、言ってないのに、雪音は恨《うら》めしそうに楓の胸を睨《にら》むと、俺の方にも不満そうな視線を向けてきた。俺、一つも胸のことなんて考えてもなかったんだけど？　冤罪《えんざい》だ！

佳織に続いて楓と雪音の水着の感想に困惑《こんわく》している中、佳織が頬を膨《ふく》らませていたことに、焦《あせ》っていた俺は気づくことはなかった。

そんなあたふたし続ける俺の様子を見て、凜がニヤリと笑って近づいてくると、俺を肘《ひじ》で小突《こづ》いてきた。

「おや？　おやおや？　優夜。もしかして、楓たちの水着姿に緊張してんのかい？」

「う、そ、それは……いや、そりゃするでしょう……」

「アハハハ！　意外だねぇ？　アンタ、こういう状況《じょうきょう》に慣れてそうに見えるんだけどね？」

俺の回答に、凜は声を上げて笑う。

慣れてるように見えるって……そんなワケないでしょう。どこをどう見ればそう見えたんだか……。

「まあ、アタシなんかと違《ちが》って、楓はスタイルいいし、佳織も綺麗だし、雪音は可愛いからねぇ」

「え？　いや、凜もスゲェ綺麗だけど……」

「へ？」

不思議なことを言うので、思わず素直《すなお》に思ったことを告げると、凜は珍《めずら》しく気の抜《ぬ》けた声を上げた。

凜の反応に、自分が気恥《きは》ずかしいことをサラッと口にしたことに気づいた。

いや、凜がおかしなことを言うから、つい反射的に答えてしまったわけで！　サラッと言えるような男じゃないからね!?　いつかはサラッと言えるようになりたいものですね！

ていうか、楓や佳織、雪音も綺麗だけど、凜もモデルみたいにスラッとしてて、大人っぽい水着はすごく似合っているのだ。

何を思って凜がアタシなんかって言ったのか、俺にはよく分からなかった。

「だから、その……そう無防備に近づかれると、とても緊張するんだが……」

「そ、そうかい⁉ あ、アハハ……」

凜はそう言うと、素早《すばや》く俺から離れた。

よく見ると、珍しいことに凜は頬を赤く染め、気まずそうに視線をそらしている。そ、そんな反応をされると俺はもっと恥ずかしいんですが……。

「そ、それじゃあ、そろそろ行こうか！ 亮と慎吾君が、先に行って場所をとってくれてるんだ」

「そうだったんですね……なら、早く行ってお礼を言わなければ……」

「そうだねー！」

この状況に居たたまれなくなった俺は、皆に亮たちのことを告げると、うまい具合に雰《ふん》囲《い》気《き》がいつも通りに戻《もど》ったため、一息ついた。よ、よかった……俺一人でみんなの相手をするには刺《し》激《げき》が強すぎる……。

こうして、無事に亮たちと合流できた俺たちはそのまま念入りに準備運動をすると、全員で海へ向かい、遊び始める。

亮は本当に何でもできるようで、海でもその運動神経を発揮し、遠くまで遠泳していた。

慎吾君はあまり泳ぐのが得意ではないらしく、浅瀬《あさせ》で俺や佳織たちと持ってきたビーチボールで遊んでいた。

すると、遠泳から亮が帰ってきたので、楓が提案した。

「ねえ！　皆でビーチバレーしようよ！」

「お、いいぜ」

楓の提案に全員賛成し、チーム分けをしようとすると、慎吾君が審判《しんぱん》を買って出てくれた。

なので、三チーム作ることになり、俺と佳織、亮と雪音、凜と楓のチームに分かれた。

「優夜さん、よろしくお願いしますね！」

「うん、頑張《がんば》ろう」

佳織の言葉にそう頷《うなず》いた瞬間《しゅんかん》、俺は先日の球技大会を思い出した。

その際、トラブルもあって、佳織とペアでテニスに参加することになったのだが……そこで佳織にスポーツをやらせてはいけないということが分かったのだ。

しかし、それを思い出したころにはもう試合が始まる直前で、相手は楓と凜だった。

「さっそく優夜君たちかー……勝てるかな？」

「さあねぇ。お手柔《てやわ》らかに頼《たの》むよ？」

「えっと……」

お手柔らかどころか、頑張って動くことになると思います。

そんな俺の考え通り、最初に佳織のサーブから始まったのだが……。

「えいっ」

「ッ！」

俺は背後から迫《せま》る気配に反応し、体を横にずらすと、先ほどまで俺がいた位置をビーチボールが思いっきり通過した。

「ああ！　優夜さん、ごめんなさい！」

「だ、大丈夫《だいじょうぶ》だよ」

これ、俺は避《よ》けられたけど、楓たちと佳織が組んでたら危なかったかもしれないな……。

そう思っていると、佳織のサーブを見て、凜がにやりと笑った。

「へえ？　どうやら佳織は運動が苦手なみたいだねぇ。これは狙《ねら》うしかないんじゃないかい？」

「ええ？　そ、それはさすがに……」

「楓。これは試合なんだよ？　勝つための立派な戦略さ」

そして、凜は宣言通り次のサーブから佳織を狙い始めた。

「そりゃっ！」

「えい！」

凜のサーブに何とか対応できた佳織だが、そのボールは見当違《けんとうちが》いな方向に飛んでいく。

その方向は、ちょうど海の方だった。

だが、ボールを落とす訳にはいかないと思った俺は、気づかないうちに海面を走っており、そのままボールに追いつくと、凜たちのコートへ返した。

「ハアッ！」

「ちょっ……あれを拾っちゃうの!?」

「ていうか、普通《ふつう》に海面を走ってなかったかい!?」

「ええ!?　さ、さすがに見間違《みまちが》いじゃない？」

「いや、アタシもそう思うけど……！」

無我夢中でボールを追いかけていたが、確かに海面を走るなんて普通じゃないな！　というより、海面を走れたことに自分でも驚《おどろ》いているんだけど!?

ウサギ師匠《ししょう》との修行《しゅぎょう》の中で、俺の脚力《きゃくりょく》はとんでもないことになっていたみたいだ。

しかし、凜たちのコートに返したことで、今俺たちのコートに残っているのは佳織であり、そこをつかれ、そのまま点を取られてしまった。

何とかコートに戻ろうとしたのだが、砂に足をとられたのだ。ううん……砂場で動く経験はあまりないからなぁ。動きにくいし、普段《ふだん》より体力も使う……これはいい修行になりそうだ。

遊びに来ているというのに、ウサギ師匠との修行から、ついついそんなことを考えてしまった。

その後も、佳織を集中的に狙われた俺たちのチームは、そのまま楓たちに負けてしまうのだった。

「うぅ……優夜さん、すみません……私が足を引っ張りました……」

「まあまあ」

球技大会の時は、テニスだったこともあり、まだカバーすることができたが、ビーチバレーだとそれもなかなか難しかった。

もちろん、佳織は常にトスやレシーブでボールを繋《つな》げようとしてくれたが、どれもが俺に向かって殺すような勢いで飛んできたのだ。

……逆にあのボールを利用できる競技があれば、佳織も十分戦えると思うんだけどね。

なんせ、思わず俺が慌《あわ》てて避けるほど、予測不可能なうえに、かなりの球速なのだ。俺が戦ってきた【大魔境《だいまきょう》】の魔物《まもの》たちも恐《おそ》れるレベルだと思う。本当にびっくりするから。

その後、亮のチームとも戦ったが、結果はやはり俺たちの負けで、最終的に優勝したの

は、楓たちのチームだった。

「うぅ……優夜さん、すみません……私のせいで負けてしまって……」

「い、いや！　そんな気にしなくても……！」

ここは何て声をかけるのが正解なのか分からず、ただ慌てていると、ニヤニヤしながら、凜が佳織に声をかけた。

「佳織のいるチームは全敗って……疫病神《やくびょうがみ》なんじゃないかい？」

「そ、それは言わないでくださいー！」

佳織の反応に凜は声を上げて笑った。

そんな感じでビーチボールを一通り楽しんだ俺たちは、ずっと遊んでいたこともあり、ひとまず休憩《きゅうけい》することにした。

「そろそろ休憩も兼《か》ねて、どこかで飯食おうぜ？」

「賛成ー！」

亮の提案に全員賛成し、海の家で昼ご飯を食べることに。

ただ、俺たちが遊んでいた場所は、人混みから離《はな》れていたこともあって、近くの海の家にも人があまりいない。

ふと人が多い浜辺《はまべ》に視線を向けると、そっちの海の家は繁盛《はんじょう》しているようだった。

「向こうの方は人多そうだし、別にここの海の家でもいいよな？」

「私は大丈夫ですよ」

「そうだね。多分、立地がいいから人が多いだけだろうし、味なんて大差ないだろうしねえ」

というわけで、一番近くの海の家に向かったわけだが――。

「おー、天上《てんじょう》たち。偶然《ぐうぜん》だなー」

「な、なあ⁉」

「……びっくり」

「な、何で沢田《さわだ》先生がここにぃ⁉」

なんと、俺らのクラスの担任である沢田先生が、向かった先の海の家で、まるで店員のようなことをしていたのだ！

しかも、いつものヨレヨレのシャツや白衣とは違い、黒色のビキニの上から、エプロンをつけている。め、目のやり場に……いや、いつも目のやり場に困るんだよなぁ！

驚く俺たちだったが、いち早く正気に返った亮が、慌てて訊《たず》ねる。

「先生！　こんなところで何してるんですか⁉　アナタ、教師でしょ⁉　……あれ？　副業っていいんでしたっけ？」

「言われてみれば……」

もちろん、まさかこんな場所で出会うなんて思ってもいなかったっていう驚きもある。

だが、何となく海とか外にあまり出ず、どこかの施設《しせつ》で実験とかしてそうなイメージが俺の中にあったため、この海の家で出会ったことにも驚いたわけだが、よく見れば店員のようなことをしているし、職業的に副業になって不味《まず》いのでは？

しかも、今この場には理事長である司《つかさ》さんの娘《むすめ》の佳織もいるし、言い逃《のが》れできない気もするが……。

すると、沢田先生は特に焦《あせ》った様子もなく、なんてことない様子で答えた。

「副業じゃないぞー。だってここ、先生の実家だからなー」

『え⁉』

まさかの事実にまたも驚くと、海の家の方から厳《いか》つい男性がやって来た。

その男性は、沢田先生と同じエプロンをつけているが、とても迫力《はくりょく》のある顔で、何だかミスマッチだった。顔に大きな傷もあるし、体も大きく、全身筋肉が盛り上がっており、かなり威圧《いあつ》的だ。その……普通の方に見えないのですが……。

「おい、理恵《りえ》！　サボってんじゃねぇぞ！」

その男性は、恐らく沢田先生の下の名前を呼び、怒鳴《どな》る。

見た目と相まって、かなり迫力があり、俺たちは固まっていたが、沢田先生は特に気にした様子もなく、いつも通りの調子で答えた。

「違《ちが》うよ、父さん。こいつら、私の教え子だぞー」

「教え子⁉」

『お父さん⁉』

俺たちと男性――――沢田先生のお父さんの驚きの声が、重なった。え、お父さんなの⁉

失礼だと分かっていても、二人を見比べてしまう俺たち。に、似てる、のか？

唖然《あぜん》とする俺たちだったが、男性は驚きが収まると先ほどの様子とは打って変わり、にこやかに話しかけてきた。

「おー、理恵の教え子なら仕方ねぇ！　コイツは、こんな調子だし、お前ら苦労してるだろ？　コイツ、ちゃんと教師できてんのか？」

「え、ええ、とてもいい先生です……」

理事長の娘である佳織が戸惑《とまど》いながらそう答えると、沢田先生は口を尖《とが》らせた。

「信用ないなー。私、優秀《ゆうしゅう》なんだぞー？」

「お前が優秀でも、それが教師として優秀か分からねぇだろうが。それを決めるのは生徒さんだろ？」

「正論だなー」

沢田先生は笑って頷くと、その姿に沢田先生のお父さんは呆《あき》れながら、俺たちに視線を向ける。

「おお？　よく見ると別嬪《べっぴん》さんばっかじゃねぇか！　それに、野郎《やろう》どもも男前じゃねぇか。何だ何だ？　お前の学校、こんな子どもばかりなのか？」

「んー。こんな生徒ばかりだなー」

「どんな化け物学校だよ……」

いや、お父さん。俺も未《いま》だにそう思います。

性格のいい子や、佳織や亮みたいに綺麗《きれい》だったりカッコいい子が多いからな。

「ま、何となく話の流れで分かったと思うが、俺は理恵の父の銀二《ぎんじ》だ。せっかくだ、お前らに昼飯御馳走《ごちそう》してやるよ」

「ええ⁉　そ、そんな、申し訳ないです！」

「いいから！　おい、理恵！　どうせ暇《ひま》だろ？　俺が飯作ってる間、お座敷《ざしき》に案内しとけ！」

「うーん、暇なのは間違《まちが》いないけど、客がいないからだもんなー」

「うるせぇ！」

た、確かに、ビーチにはたくさん人はいるのに、ここはお客さんがいないな……ちょっと離れた場所にあるだけでこんなに差が出るモノなんだろうか？

沢田先生のお父さん……銀二さんに怒鳴られながらも、沢田先生は受付から出て、俺たちのところにやって来た。

「というわけだ。先生の家が海の家をやっててなー。こうして夏季休暇《きゅうか》は暇なら手伝えと駆《か》り出されるわけだ。当然、お金なんて出ないぞー」

「な、なるほど……？」

つまり、お金も出ないし、家の手伝いの延長だから、副業じゃないと。果たして本当にそうなのかは分からないが、俺たちがどうこう言えることでもないだろう。佳織は言えるかもしれないけど。

沢田先生に座敷へ案内され、しばらく待っていると、銀二さんが料理を持ってきた。

「おら、育ち盛《ざか》りだろ？　たくさん食え食え！」

「おお！」

俺たちの前に出てきたのは、大盛の焼きそばで、ソースの香《かお》りが食欲《しょくよく》をそそる。

銀二さんのご厚意に甘え、いざ焼きそばをいただくと、その味に驚いた。

「美味《おい》しい！」

「驚いた……こんなに美味しい焼きそばは初めてかもしれないねぇ」

「……もぐもぐ」

御馳走になった焼きそばは、とても美味しかったのだ。

もちろん、海の家で食べる焼きそばは、シチュエーションと相まって普通より美味しく感じるというのはあるかもしれない。

だが、銀二さんの作る焼きそばは、それ以上に美味しいのだ。

皆《みんな》夢中になって焼きそばを食べていると、楓が思わずといった様子で呟《つぶや》いた。

「なんでこんなに美味しいのに、お客さん少ないんだろう？」

「楓」

「……あ！　ご、ごめんなさい！」

呆れた様子で凜に注意されると、楓は慌てて謝る。

だが、銀二さんはそれに怒《おこ》ったりせず、苦笑いを浮《う》かべた。

「いい、いい。本当のことだしよ」

「まあ、立地が悪いからなー。元々ここはビーチの端《はし》にあるし、一番人の多いところから見ると人が圧倒《あっとう》的に少ない。だから、お客もあまり来ないんだ」

「それに、あっちの店が、ここより品ぞろえがいいのは間違いねぇ」

「なるほど……」

確かに、銀二さんの海の家のメニューを見た感じ、焼きそば以外には、カレーとビールくらいしか書かれていなかった。

「こ、こんなに美味しいのに……」

「……残念」

慎吾君と雪音がそう言うと、沢田先生は何かに気づいた様子で立ち上がった。

「そうだ！」

「あ？　どうした、理恵」

「先生はいいアイデアを思いついたぞー」

「いいアイデア？」

俺たちが首を傾《かし》げると、沢田先生は自信満々に頷《うなず》いた。

「おおー、いいアイデアだ」

＊＊＊

「はい、三番テーブル、焼きそば二つ、お願いしまーす！」

「こっちは、ビール一つ！」

「え、えっと、カレー二つお願いします！」

――俺たちは、当初の海で遊ぶ目的から離れ、いつの間にか銀二さんの海の家の期間限定の店員として働いていた。

沢田先生のいいアイデアというものが、この俺たちが売り子として働くというものだったのだ。

その時の沢田先生の様子をふと思い返す。

『ちょうど学校でも指折りの美男美女が揃《そろ》ってるんだ。だから、天上たちには売り子を頼《たの》みたい』

『う、売り子!?』

『もちろん、給料も出すぞー』

――といった感じで、そのままあれよあれよと働くことに。

しかも、銀二さんは割とお客さんがいないことに悩《なや》んでいたようで、銀二さんからも頼まれてしまい、俺たちは引き受けることになったのだ。

まあ、銀二さんには焼きそばをご馳走《ちそう》になったしな。

カレーも味見させてもらったが、こちらもすごく美味しかった。

だから、銀二さんの料理を食べれば、リピーターはできると思うので、その手助けをするといった形だ。

それで、俺たちがいざ店員として呼びかけを始めると、綺麗な佳織たち目当てに男性客が多く集まり、イケメンな亮や、小動物っぽい可愛《かわい》さのある慎吾君のおかげで、女性客も多く集まった。

お客さんが増えたことで銀二さんがすごい勢いで料理を作っている。

「だあああっ！　嬉《うれ》しい悲鳴だなぁ、おい！」

「おお、父さん、頑張《がんば》れー」

「理恵も料理くらいできるようになっとけ！」

しかし、沢田先生は料理ができないため、銀二さんの手伝いはできないらしい。その代わり、皿洗いを頑張っていた。

俺や亮たちは料理を手伝うことはできたが、銀二さんはそこは自分でやるとのことだったので、俺たちも料理を運ぶことに全力を注いでいる。

「――――焼きそば二つに、ビール二つですね？」

「「……」」

「あ、あの？」

「「握手《あくしゅ》してください！」」

「はい⁉」

「あ、ズルい！」

「私は一緒《いっしょ》に写真を……！」

……こんな感じで、結構な頻度《ひんど》で変な注文も受けるが、おおむね順調だろう。

お客さんが増えれば増えるほど、口コミも広がったようで、ついには銀二さんの海の家が埋《う》まるほどお客さんがやって来た。

「ここの店員、レベル高くない⁉」

「女の子も超《ちょう》かわいいじゃん！」

「男子もすごいレベルだよね⁉」

「ていうか、何かのイベント？」

「焼きそば超美味しいよ！」

「カレーも美味しいよ？」

様々なお客さんの声が聞こえてくるが、ひとまず悪いことは言われてなさそうだ。銀二さんの料理、美味しいもんな。

すると、今度は運ぶだけでなく、お客さんが帰った後の片づける食器も増え、普通《ふつう》に運んでいては手が回らなくなってきた。

なので、俺は一度に運ぶ量を増やした。

「お、おい、あれ……」

「え、スゴ……」

「何個持ってるんだ……？」

俺は両手や両腕《りょううで》にお盆《ぼん》を載《の》せ、その上に食器を置くだけでなく、頭の上にも食器を積み重ね、大量の食後の食器を運んだ。

普通じゃできないような量だけど、レベルアップした俺の体なら、バランス感覚も筋力もあるため、苦労せず運べる。こういう部分で役立つからよかった。

「天上ー。ちょっと手伝ってくれー」

「はい？　どうしました？」

「そろそろ食材が切れてきたから、その買い出しを手伝ってほしいんだ。お前が一番力ありそうだしなー」

「そ、そうですか？」

「校外学習の時、熊《くま》投げ飛ばしてたヤツが何言ってるんだー？」

そりゃそうだ。

そんな感じで、俺が沢田先生に連れられ、食材を買いに行っている間に、その事件は起こった。

＊＊＊

「あ、あの、やめてください！」

「ええ～？　いいじゃん、一緒に遊ぼうよ～」

「そうそう、お兄さんたちが楽しいこと教えてあげるからさあ」

日に焼けた肌《はだ》の男性客たちが、佳織の腕《うで》を掴《つか》んでいた。

それを見て、近くにいた楓が声をかける。

「あの、そういうのは困ります」

「お、君も可愛いじゃん！」

「はい、君もこの子と一緒に遊ぼうよ～」

「ほらほら、他《ほか》のお友達も呼んでさ？」

「や、やめてください！」

「おい、アンタら――」

さらに近くにいた亮が止めに入るが、その男性客の一人の筋肉質な男が立ちふさがる。

「邪魔《じゃま》すんじゃねぇよ」

「邪魔とかじゃなくて、やめてくれって言ってんだ」

「止《や》めて欲しけりゃ止《と》めてみろよ。ヒョロヒョロのお前に何ができんだ？　ああ？」

「くっ……」

佳織たちに絡《から》んでいた男の一人が亮を突《つ》き飛ばすと、亮は大きくよろめいた。

亮は運動が得意なだけあり、決してヒョロヒョロなどではない。

だが、佳織たちに絡んでいる男たちは、誰《だれ》もが亮より筋肉があり、背も亮より高く、かなり威圧《いあつ》的だった。

人数的にも分《ぶ》が悪く、お店全体の雰囲気《ふんいき》が悪くなっていると――――。

「――――あ、すみません、通りまーす」

「ゆ、優夜さん！」

ちょうど食材の買い出しから戻《もど》ってきた優夜が、両手いっぱいに買い物袋《ぶくろ》を持った状態で帰ってきた。

しかし、買い出しから戻ってきたばかりの優夜は状況《じょうきょう》が把握《はあく》できておらず、用事がある佳織たちのもとに何事もなく向かった。

「すみません。ちょっと失礼しますね」

「ああ？」

臆《おく》することなく近づいてくる優夜に、男の一人が不愉快《ふゆかい》そうに眉《まゆ》をひそめた。

「あのさあ、見て分からねぇの？　今、この子たちと楽しくお話ししてんの。失《う》せろ」

「へ？　ああ、すみません。ですが、少し人手が足りないので、この二人に手伝ってもらわないと……」

「はあ？　お前、状況が分かってねぇのかよ？」

「そう言われましても……」

先に戻ってきていた沢田先生により、食材が追加されたことで、止まっていたオーダーが動き始め、再び店内は慌《あわ》ただしくなってきていた。

「ひとまず、二人は仕事があるので、連れていきますね。お話は俺が聞きますので……」

「お前、何勝手に……!?」

佳織たちを連れていこうとする優夜を止めるため、男は優夜の腕を掴むも、びくともしない。

そして、男の手から解放された佳織と楓は、そのまますぐに銀二のもとへ向かって行った。

その様子を見て、ひとまず安心した優夜は、一息つき、同じように手にした荷物を置きに戻ろうとする。

しかし、男たちは優夜を取り囲むような位置に移動した。

「おい、テメエ、舐《な》めてんのか？　ああ⁉」

「え、ええ？　な、何で――」

「ごちゃごちゃうるせぇんだよ！」

「きゃあああああっ！」

いきなり殴《なぐ》りかかる男に、他の女性客が叫《さけ》んだ。

だが、殴り掛《か》かられた優夜は、全く違《ちが》うことで焦《あせ》っていた。

「（いきなり殴りかかるなんて……他のお客さんが危ないし、お店のモノが壊《こわ》れる！）」

まったく理由が分からない優夜は、殴られることにただただ困惑《こんわく》していたが、殴られることより、男たちが暴れることで周囲の客の心配をしていたのだ。

そんなことを考えながら男の攻撃《こうげき》を避《よ》けると、他の男たちも次々と優夜に襲《おそ》い掛かる。

何とかするために優夜は動こうとするも、買い物袋を手にしたままだったことを思い出す。

このままだと上手《うま》く動けないと思った優夜は、買い物袋を空中に放《ほう》り投げると、男たちの拳《こぶし》や蹴《け》りを優《やさ》しく受け止め、そのまますべての男の体を直立の姿勢に矯正《きょうせい》し、その場に留《とど》める。すると、ちょうど優夜の手元に買い物袋が戻ってきた。

「は？」

「あ、ああ？」

男たちは何が起こったのか分からず、何故《なぜ》か直立していることに首を捻《ひね》った。

優夜は周囲のモノや客に被害《ひがい》がないこと、そして男たちも怪我《けが》をしていないことを確認《かくにん》すると、一息ついた。

「あの、暴れるのはやめてください。お客さんがいるんで……」

困惑する男たちに優夜がそう言うと、男たちは正気に返り、もう一度突っかかろうとしたが……。

「お、おい、テメェ――――」

「――――厨房《ちゅうぼう》で集中して料理してんのにうるせぇなと思ったら……テメェら、何してんだ？　ああ？」

「あ？　ひっ⁉」

すると、銀二がその厳《いか》つい顔に怒《いか》りを滲《にじ》ませ、男たちを睨《にら》んでいた。

その表情はすさまじく、さっきまで勢いづいていた男たち全員がビビってしまうほどだった。

「テメェら……いい度胸じゃねぇか。刻んで焼きそばの具にされる覚悟《かくご》はできてんだろうなぁ!?　おお!?」

「「す、すみませんでしたああああああ！」」

とてもカタギとは思えない銀二の迫力《はくりょく》に、男たちは涙目《なみだめ》になりながら海の家を飛び出していくのだった。

その様子に周囲の客を含《ふく》め、全員唖然《あぜん》としていると、優夜はすぐに頭を下げた。

「すみません、銀二さん。ありがとうございます」

「ん？　俺は何もしてねぇよ。それより、お前らは大丈夫《だいじょうぶ》か？」

「は、はい！　大丈夫です！」

「亮君や優夜君が助けてくれたので……」

「いや、俺は何もしてないよ。優夜がいたから助かった」

「そうか……優夜、お前、スゲェな！　よく見りゃ体も滅茶苦茶《めちゃくちゃ》鍛《きた》えられてるしよぉ……」

「天上はウチの学校の中でも図抜《ずぬ》けて身体能力が高いからなー。体育の先生たちは全員驚《おどろ》いてたぞ。オリンピックも目じゃないってな」

「そこまでかよ……」

沢田先生からもたらされた情報に、銀二は頬《ほお》を引き攣《つ》らせる。

すると、周囲の客たちは拍手《はくしゅ》を始めた。

「すごかったぜ！」

「うんうん！　何か、映画のワンシーン見てるみたいだった！」

「てか、あんな動き、漫画《まんが》の中でしか見たことねぇよ！」

「動きがすごすぎて、ほとんどよく分からなかったけどな！」

「あの、えっと、その……」

まさか称賛《しょうさん》されるとは思っていなかった優夜は、周囲の反応に困惑する。

その様子に銀二は笑いながら、客に顔を向けた。

「さて、うちの店員はスゲェだろ？　ま、引き続き食事を楽しんでくれ」

……こうして、トラブルがありながらも、銀二の店は優夜たちの働きや銀二の料理もあって、過去一番の売り上げを叩《たた》き出したのだった。

第三章　謎《なぞ》の巫女《みこ》

沢田《さわだ》先生の実家である海の家で働くという予定外のことを終えた俺たちは、そのあとは再び海で遊びを満喫《まんきつ》した。

その際、亮《りょう》や慎吾《しんご》君が女性から声かけられていたり、俺も銀二《ぎんじ》さんの海の家で目立ったせいか、色々な人から声をかけられ、戸惑《とまど》ったりした。

ただ、海の家の時のようにまた佳織《かおり》たちに何かあったら困るので、できるだけみんなで一緒《いっしょ》にいたおかげか、同じようなトラブルは起きなかった。

そして、再び俺たちはコテージに帰り、皆《みんな》で夕食を食べ終え、ちょっと休憩《きゅうけい》することになった。

その間に、俺は人目につかない場所に移動し、家に帰ってナイトたちのご飯を用意する。

オーマさんは一日中寝《ね》ていたみたいで、皆大人しくお留守番してくれていた。

ナイトたちの食事の準備も終わり、再びコテージにこっそりと戻ると、雪音《ゆきね》が部屋から何やら本を持ってきた。

「……みんな、少しいい？」

「？　どうしたんですか？　雪音さん」

佳織が首を傾《かし》げると、雪音は手にしていた本を突き出し、俺たちに提案した。

「……肝試《きもだめ》し、しよ？」

『肝試し？』

唐突《とうとつ》な雪音の提案にみんな首を傾げる中、凜《りん》と楓《かえで》は何やら悟《さと》った様子で、特に楓に至っては頬を引き攣らせていた。

「ゆゆゆ、雪音ちゃん？　肝試しって……本気？」

「……本気と書いてマジ」

「いやあああああっ！」

「か、楓さん⁉」

雪音の言葉に大声を上げた楓に対し、俺たちは困惑する。ど、どうしたんだろうか？

すると、凜が苦笑いを浮《う》かべながら、雪音の入っているオカルト研究会のことを改めて教えてくれた。

「それで、肝試しって……その部活関連なの？」

「……別に部活だからってワケじゃない。でも、ここに来る前にコテージ周辺のことを調べてたら、肝試しにちょうどよさそうな場所を見つけた。だから提案しただけ」

「肝試しにちょうどいい場所⁉」

雪音の言葉に大きな反応を続ける楓。多分、お化けとかすごく苦手なんだろうな……幸い俺は、すごく苦手ってほどでもないから大丈夫だけど。

何なら異世界では【レイス】っていう幽霊《ゆうれい》タイプの魔物《まもの》とも戦ったこともあるしな。いや、この世界の幽霊とあのレイスっていう魔物の性質が一緒かどうかは分からないけどさ。

「私、昔からここにはよく父と来てましたが、そんな場所があったんですね……」

「……うん。結構古い神社があるみたい」

驚く佳織に雪音がそう答えると、ふと疑問を感じた亮が訊いた。

「その肝試しにちょうどいい場所ってのが神社なのは分かったけど、夜でもやってんのか？」

「……一応、開いてはいるみたい。でも、騒《さわ》いだりするのはダメ。ただ、雰囲気《ふんいき》を楽しむだけ」

「そりゃそうだ」

いくら夜でも入れるとはいえ、騒ぐのは当然アウトだろう。

「……というわけで、皆でその神社に行きたい」

雪音が珍《めずら》しく鼻息を荒《あら》くしながらそう言うと、楓が真っ先に手を挙げた。

「はいはい！　私は嫌《いや》です！」

「……ウソ。楓は嫌だ嫌だと言いながらも好き」

「そんな変態さんじゃないよ⁉」

「面白《おもしろ》そうだし、いいんじゃねぇか？」

「亮君⁉」

「わ、私も少し、興味があります！」

「佳織まで⁉」

まさか肝試しに興味がある人間がここまでいるとは思ってなかったようで、楓は仲間を探すように周囲を見渡《みわた》した。

「そ、そうだ！　慎吾君は⁉　慎吾君は肝試しなんてやりたくないよね⁉」

「え、ええ⁉　そ、その……ごめんね？　ぼ、僕も少し、興味がある、かな……」

「そ、そんな……」

絶望と言わんばかりに顔を青くする楓。そんなに苦手なんだ……。

「ゆ、優夜《ゆうや》君は……？」

「え、お、俺は……ごめん、そこまで苦手ってほどでも……」

「う、ううう！　仲間がいないー！」

唸《うな》りながら楓は涙目になった。な、何かごめんなさい。

すると、そんな楓の様子に凛が声を上げて笑う。

「アハハハハ！　諦《あきら》めな、楓。それに、行こうとしてる場所は神社なんだよ？　むしろ安全なんじゃないかい？」

「あ、安全？」

「ほら、神社って言えば、神様のいる場所だろう？　そこなら怖《こわ》い悪魔《あくま》だの幽霊だの無縁《むえん》そうじゃないか」

「そ、そうかな……？」

「そうさ」

凛は説得するように楓にそう言うが……果たして神社だから安全って本当なんだろうか？　夜に開いてるとはいえ、神社って神様の家みたいなもんだろう？　人間だって夜中に人が自分の家に勝手に入ってきたら嫌だし、むしろ罰当《ばちあ》たりな気もしてきた……あれ、でもそうなると、年越《としこ》しの初詣《はつもうで》も迷惑《めいわく》になるんだろうか？

凛の言葉に説得されかけていた楓だったが、何かに気づくと頭《かぶり》を振《ふ》った。

「ハッ！　で、でも、行かなかったらそもそも安全じゃん！」

「チッ……」

「凛ちゃん舌打ちした⁉」

「まったく……じゃあ、アンタだけ残るかい？」

「へ？」

凛の予想外の言葉に、楓だけでなく俺たちも驚くと、凛はニヤリと笑った。

「アタシらは軽くその神社で肝試しをしてくるからさ。怖いなら、楓は待ってたらいいよ。

ただし、コテージで一人になるけどねぇ？」

「ひぃ⁉」

凛のその笑《え》みに、楓は悲鳴を上げる。凛さん、中々酷《ひど》いことをおっしゃいますね……。

すると、楓は涙目《なみだめ》のままプルプル震《ふる》えると、ついに叫《さけ》んだ。

「り、凛ちゃんの鬼《おに》ぃぃいいいいいい！」

「アハハハハハハハハ！」

――こうして、楓も肝試しに参加することになるのだった。

＊＊＊

「だ、大丈夫《だいじょうぶ》か？」

「ダダダダダダイジョウブダヨ⁉」

「……とてもそうは思えないけど……」

何とか肝試しについてくることになった楓だが、神社に近づくにつれ、どんどん怖くなってしまったようで、今は俺の腕《うで》にしがみついていた。

最初こそ、俺も楓にしがみつかれることにとても緊張《きんちょう》していたのだが、腕にしがみつく力や、楓の様子から、緊張より心配の方が勝《まさ》ってしまった。

「その……怖いんだったらコテージに戻《もど》る？」

「私を一人にしないでえええええ！」

「いや、帰るなら俺も一緒にいるけど……」

泣きつく楓に困惑《こんわく》しながらそういうも、楓は俺の言葉が聞こえていないようで、首を振りながら歩き続けた。結局、皆と行くのね……。

すると、そんな俺と楓の様子を佳織が見ていることに気づいた。

「……」

「佳織？　どうかした？」

「ハッ⁉　い、いいえ、何でもないです！」

「そう？」

何でもないっていうんなら、何でもないんだろう。

「うぅ……最初から怖がっておけばよかったです……」

そう思い、再び怖がり続ける楓に意識を向けたことで、佳織の呟《つぶや》きには気づかなかった。

「優夜。アンタも罪な男だねぇ」

「はい？」

何やら意味深な感じでそう言ってくる凜に、俺は首を捻《ひね》った。罪って……何か気に障《さわ》るようなことしたかな⁉

そうこうしていると、先導していた雪音が足を止めたことで、俺たちも立ち止まった。

「……ここが、目的地」

「へぇ。デケェな」

「う、うん。それに、神秘的だね……」

慎吾君の言う通り、俺たちの目の前にある神社は、森の中にあることや、その社を月あかりが照らしていることも相まって、怖いというよりとても神秘的な印象だった。

その綺麗《きれい》さに、俺たちはしばし見惚《みと》れる。

「こんな場所が近くにあったんですね……」

「こりゃ肝試しとか関係なしに、いい場所じゃないか。楓もそう思うだろう？」

「う、うん。綺麗だね……」

楓も神社の神秘的な光景に、一時とはいえ、恐怖心《きょうふしん》を忘れられたようだ。

すると、同じように神社や周囲の雰囲気に見惚れていた雪音が呟く。

「……綺麗。でも、肝試しには向いてなかったね」

「ま、そこはいいじゃないか。こうして綺麗な光景を見られたわけだし――――」

凛がそう言いかけた瞬間《しゅんかん》だった。

「――――妖《あや》しい気配がするわね」

『⁉』

突然《とつぜん》、お社の方からゆっくりと、一人の女性が姿を現した。

その女性は、巫女装束《みこしょうぞく》を身に纏《まと》い、艶《つや》やかな黒髪《くろかみ》は両サイドで結ばれ、前髪《まえがみ》は綺麗に切り揃《そろ》えられている。

キリッと吊《つ》り上がった目は、何だか気が強そうにも見える。

年齢《ねんれい》は俺たちと同じくらいに見えるが、それにも増して何だか聖なるオーラみたいなのを感じる。

いきなり現れた巫女さんに全員が驚《おどろ》いていると、楓はそんな女性を指さし、絶叫《ぜっきょう》した。

「おおおおお……お化けぇぇぇぇぇぇぇぇぇぇぇ！」

『えええええええ⁉』

「誰《だれ》がお化けよ⁉」

楓の言葉に心外そうな表情で突《つ》っ込む女性。肝試《きもだめ》しに来たので、ついお化けって思っちゃうのも分かるけど、どう見てもこの神社の巫女さんだよね。

巫女さんはため息を吐《つ》くと、俺たちを見渡した。

「何だか妙《みょう》な気配がするから来てみれば……何？　参拝客って感じじゃないわよね？」

怪訝《けげん》そうな表情を浮《う》かべる巫女さんに、雪音が素直《すなお》に答える。

「……肝試しに来ました」

「肝試しぃ？　って、アンタ……」

「……？　何か？」

巫女さんは雪音に鋭《するど》い視線を向けたかと思うと、すごい勢いで雪音から距離《きょり》をとった。

「ッ！　アンタ、とんでもないモノに憑《つ》かれてるじゃない！」

「……？　とんでもないモノ？」

「なんで気付かないわけ⁉　ああ、もう！　今すぐ祓《はら》うわ！」

巫女さんはそう言うと、どこからともなくお札のようなものを取り出した。

「――――」

そして、俺たちに聞こえないような声で何かを唱えると、雪音の影《かげ》に向かってそのお札を投げた！

「いったい何を――――!?」

「――――グ、グヤ、グギィィイイイイ！」

『!?』

すると、雪音の影が突如《とつじょ》うねり、黒い靄《もや》が浮かび上がった。

何なんだ、コイツは……!?　ここは異世界じゃないんだぞ!?

「ゆ、優夜さん、これは一体!?」

同じく異世界のことを知る佳織も、まさか地球でこのような化け物を目にするとは思わず、目を見開いていた。

「な、な……」

佳織と俺ですらここまで驚いているのだから、楓たちの驚きはもっと強いだろう。

「ウソだろ……？」

「ひぃぃ!?」

「ゆ、雪音……アンタ、また何かやらかしたのかい⁉」

楓たちが顔を青くして震える中、雪音だけあまり怖がっているようには見えない。オカルト研究会にとっては日常茶飯事《さはんじ》だって言うのか⁉

思わず雪音に視線が集まるが、雪音は真顔のまま、静かに頷《うなず》いた。

「……ビックリした」

「アンタも分かってないのかい⁉」

凜がすかさずツッコんだ。よ、よかった……これが当たり前って言われたらどうしようかと思った……。

そんなことを考えていると、目の前の化け物が出現する原因となったであろう札を投げた巫女さんが、化け物を前にして顔を青くしていた。

「な、何なのよ、コイツ……！」

「え？」

「悪霊《あくりょう》でも妖怪《ようかい》でもないし……こんな邪悪《じゃあく》な存在、見たこともないわよ⁉」

どうやら、この化け物は巫女さんにとっても予想外の存在だったらしい。

すると黒い靄は見る見るうちに姿を変えていく。今や、その化け物は、二本足で立ち、全身が筋肉で盛り上がっている。

爪《つめ》や牙《きば》が鋭く、皮膚《ひふ》は影や闇《やみ》がそのまま肉体になったように真っ黒だった。

……え？　これって……。

「グギギ……グギィイイイイイイイ！」

『ッ⁉』

「くぅ⁉」

「み、皆《みんな》⁉」

化け物が空気を切り裂《さ》くような叫び声をあげた瞬間、佳織たちは膝《ひざ》から崩《くず》れ落ちた。

俺は慌《あわ》てて皆を抱《だ》き起こそうとするが、化け物がこちらを威嚇《いかく》していて思うように動けない。何なんだ、コイツは……！

すると、巫女さんだけは片膝《かたひざ》をついたまま、苦しそうにこちらを見上げ、目を見開いた。

「ど、どうして……アンタは、この状況《じょうきょう》で……平気、なのよ……！　てか、アンタの中からも邪悪な気配が……⁉」

「な、なんでって言われても……何が何だか……！」

「グギギギギ……」

俺からすると、目の前の化け物の叫び声で、いきなり皆が倒《たお》れたようにしか感じなかったのだ。俺の体に異変はない。

化け物も、俺が何の影響《えいきょう》も受けていないことに、さらに警戒《けいかい》しているようだった。

ワケが分からない状況で混乱していると、今までずっと俺の中で大人しくしていたクロが、大きな欠伸《あくび》をしながら声をかけてきた。

『ふわぁ……何だか妙な気配がしたから見に来たが……なんでコイツがここにいるんだ？　おい、優夜。ここはチキュウってところだろ？』

「そうだけど……って、クロ！　この化け物が何なのか知ってるのか⁉」

『知ってるも何も、そいつは【邪《じゃ》】に成りそこなった存在……【邪獣《じゃじゅう》】だよ』

「じゃ、邪獣？」

聞き慣れない言葉に思わず聞き返すと、苦しそうに呻《うめ》いている巫女さんが怪訝そうな表情で見つめてきた。

「？　あ、アンタ、一体……誰と話してるのよ……！」

「え⁉　あ、その……」

『……迂闊《うかつ》だよなぁ、お前。まあいいや。黙《だま》ったまま聞け。目の前の邪獣は、お前にとっても、この世界にとってもいい存在じゃねぇ。なんでこんな場所にいるのか全然分からねぇが……ひとまず、放《ほう》っておくと大変なことになるぜ』

た、大変なことになるって言われても……！

邪獣って、『邪』の成りそこないっていうくらいなんだから、かなり強いんじゃないのか⁉

今この場所にはナイトたちはいないし……俺一人で対処できるのか？

不安に思う俺をよそに、ずっと警戒してきていた邪獣が、痺《しび》れを切らしたように俺に襲《おそ》い掛《か》かってきた。

「グギギギ……グギィギャア！」

「ッ⁉　あ、危ない！」

「グギィィィイイイイ！」

「ッ⁉」

巫女さんが襲い掛かられる俺を守るためか、再びお札のようなものを取り出そうとしていたが、体が満足に動かせず、手から札を取りこぼしてしまう。

俺は、急いで避《よ》けようとも考えたが、避けた先には楓たちがいるため、避けることができない。

すると、ウサギ師匠《ししょう》との修行《しゅぎょう》で自然と反撃《はんげき》する動きが染《し》みついた俺の体は、勝手に邪獣の攻撃《こうげき》を半身で躱《かわ》しつつ、その側頭部に蹴《け》りを叩《たた》き込んだ。

「グギィ⁉」

俺の蹴りをまともに受けた邪獣は、大きく吹《ふ》き飛ぶと、そのまま近くの木にぶつかり、ズリ落ちる。

「ぐ、グギィ……」

「まともに入ったと思ったのに、まだ立つのか……」

俺の全力の蹴りを受けたにもかかわらず、邪獣は苦しそうにしながらも立ち上がろうとした。

成りそこないとはいえ、やはり『邪』の力を持っているだけあり、かなり強いのだろう。

「それなら……！」

急いで邪獣が体勢を立て直す前に追撃《ついげき》しようとした瞬間、不意に巫女さんが飛び出し、邪獣へ札を放った。

「消えなさいッ！」

「ぐ、グギャギィ⁉」

放った札が邪獣に触《ふ》れると、邪獣は苦しみだす。

そして必死に札を剝《は》がそうとするも、結局剝がすことはできず、そのまま煙《けむり》となって消えていくのだった。

あ、あの札は……というか、この巫女さんは一体何者なんだ？

「って、そんなことより佳織たちだ！」

俺は急いで佳織たちに駆《か》け寄り、全員の状態を確認《かくにん》する。

すると、全員眠《ねむ》っているだけのようで、ひとまず安心した。

「よかったあ……」

「――ちょっと、アンタ」

「へ？」

声の方に視線を向けると、気怠《けだる》そうな様子の巫女《みこ》さんが、俺を睨《にら》みつけていた。

「どうしてアンタだけ無事だったのか。それに、さっきの化け物を圧倒《あっとう》した力……説明してもらえるわよね？」

「えっと……」

俺はどう答えればよいのか分からず、答えに窮《きゅう》するのだった。

第四章　蠢《うごめ》く悪意

ひとまず眠ったままの佳織《かおり》たちを神社のお社で休ませてもらえることになったので、そのご厚意に甘え、皆を運んで寝《ね》かせた。

「――――それで？　さっきのは何だったわけ？」

そして、皆を寝かせた後、俺はこうして巫女さんの尋問《じんもん》を受けていた。

「その……何だったのかと言われても、俺も何が何だか……」

「ウソ。どう考えてもアンタ、関係あるでしょ？　じゃないと、さっきの化け物を倒した力も説明できないじゃない」

「そう言われても……」

俺と関係があるのかと言われれば、あの化け物は異世界の『邪』の成りそこないである『邪獣』って存在らしいから、無関係とも言い切れない。

だが、なんでそんな存在がこの地球に出現したのかは全く分からないのだ。

一瞬《いっしゅん》俺の家にある【異世界への扉《とびら》】が原因で、そこから出てきたのかとも考えたが、そうなると異世界の賢者《けんじゃ》さんの家を覆《おお》う不思議なバリアを突破《とっぱ》しないといけないし、何よりナイトやオーマさんが気づくはずだ。……オーマさんは放置しそうだけど。

そんなことを考えていると、改めて真剣《しんけん》な表情を浮《う》かべた巫女さんが、口を開いた。

「理由は分からないけど、アンタの中からも邪悪な気配がするわ。だから、祓《はら》ってあげる」

「へ⁉」

突然《とつぜん》の申し出に、俺は気の抜《ぬ》けた声を上げた。

「いい？　アンタが気づいてるかどうか分からないけど、アンタの中からもあの化け物と同じ邪悪な気配が感じられるのよ。だから、今すぐ祓わないとまた大変なことになるわ」

「え、いや、それは……」

『おい、この女、オレを消滅《しょうめつ》させようって言ってんのかよ⁉』

巫女さんの言葉に、俺の中のクロは焦《あせ》った。確かに、あの札で『邪獣』とやらは消滅したわけで、クロにも有効なのだろう。

「その、俺は別に――」

「いいから！　とりあえず、祓うために服脱《ぬ》ぎなさい」

「何故《なぜ》に⁉」

巫女さんのいきなりの要求に俺は目を見開いた。え、服を脱ぐ⁉

混乱する俺だが、巫女さんは不機嫌《ふきげん》そうに顔をしかめた。

「いい？　その邪悪な気配を祓うためには、世界に漂《ただよ》う聖なる気から力を借りる必要があるワケ。それで、肌《はだ》を露出《ろしゅつ》させた方が、聖なる気を取り込みやすいのよ。だから、服は邪《じゃ》魔《ま》だから脱げって言ってるの」

「えええええ!?」

『ユウヤ！　テメェ、絶対服を脱ぐんじゃねぇぞ!?』

「ぬ、脱がないよ！」

「なんでよ！　脱ぎなさいって言ってるでしょ!?」

ついに強硬《きょうこう》手段に出た巫女さんが、俺の衣服を引き剝がそうとしてくる！

巫女さんとしては、親切心で言ってるのは分かるが、クロを祓われるのも脱ぐのも困るのだ。

力は俺の方が強いのだが、力任せに抵抗《ていこう》すると巫女さんを怪我《けが》させそうだし、何より服が破ける。

こ、これ、どうすりゃいいの!?

「ああ、もう！　無駄《むだ》な抵抗はやめなさいよッ！」

「い、いやあああっ！　助けてえええぇ！」

「……優夜《ゆうや》さん、何してるんですか？」

「「ハッ⁉」」

不意にかけられた声に、俺たちが驚《おどろ》くと、佳織はジト目で俺たちを睨んでいた。

「優夜さん……そちらの女性は誰《だれ》でしょうか？　それに、なんで優夜さんが脱がされ……そうに……」

そこまで言いかけた佳織だが、佳織は今の俺の姿を改めて認識《にんしき》したようで、徐々《じょじょ》に顔が赤く染まっていった。

「か、佳織！　誤解、誤解だから！」

「そ、そうよ！　別にやましいことをしてるわけじゃ……！」

俺と巫女さんは慌《あわ》てて佳織の誤解を解いた。

何とか誤解を解いてくれた佳織は、改めて周囲を見渡《みわた》す。

「そういえば……ここはどこでしょう？　私たち、肝試《きもだめ》しに来ていたはずですが……」

佳織の反応に、俺は思わず巫女さんに視線を向けるも、巫女さんも困惑《こんわく》した表情を浮かべていた。

まさか、あの邪獣と出会った記憶《きおく》がないのか？

すると、佳織に続いて楓《かえで》や凜《りん》たちも目を覚まし、全員の無事が確認《かくにん》できた。

だが、やはり誰も邪獣とのことを覚えていないらしく、肝試しにこの神社にやって来たという記憶で止まっていた。

するると、そんな佳織たちの反応を見て、巫女さんが静かに俺に近づく。

「……みんな覚えていないようね」

「そ、そうですね」

「ふう……本当は色々聞きたいところだけど、アンタもあの化け物のことはよく知らないみたいだし、わざわざ他《ほか》の子に教える必要もないわ。後々何か体に影響《えいきょう》が出ないか心配ではあるけど、私も見たことがない存在だったし、手の施《ほどこ》しようがないわ。まあ、私も同じような攻撃を受けて、特に体に異変もないから大丈夫《だいじょうぶ》だと思うけど……」

確かに、いきなり皆《みんな》が気を失ったことを考えると、何かしらの影響を考えておいた方がいいだろう。

一応、【鑑別《かんべつ》】スキルで全員の状態は確認したが、特におかしな点は見られない。

「まあいいわ。とにかく、これに懲《こ》りたら肝試しなんてしないで、大人しくすることね」

巫女さんはそれだけ言うと、俺たちの前から立ち去ろうとする。

「ま、待ってください！」

「……何よ？」

それを慌てて引き留めると、巫女さんは若干《じゃっかん》不機嫌そうな様子で俺たちを見た。

しかし、そんな視線にめげず、俺は口を開いた。

「その、今回はすみませんでした……。それと、佳織たちを休ませていただき、ありがとうございました」

「はい……別にいいわよ、これくらい。でも、次はもう少し安全な遊びをしなさい」

「はい……気を付けます」

そう言い、皆で改めて頭を下げつつ帰ろうとすると、不意に巫女さんから声がかけられた。

「アンタ！」

「へ？　お、俺ですか？」

「そうよ」

そう言うと、巫女さんは俺をまじまじと見て、静かに訊《き》いてくる。

「……アンタ、名前は？」

「え？　お、俺は天上優夜《てんじょうゆうや》です」

「ふぅん……天上、ね……」

確かめるようにそう呟《つぶや》く巫女さんに対し、俺も思わず訊《たず》ねた。

「その、貴女《あなた》は……？」

「……神楽坂舞《かぐらざかまい》よ」

巫女さん……神楽坂さんはそう言うと、改めて俺たちに背を向ける。

そして……。

「アンタとは、またどこかで会いそうな気がするわね」

「へ？」

「じゃ」

神楽坂さんはそれだけ言うと、今度こそ去っていった。

その後、俺たちは大人しくコテージに帰り、すぐに就寝《しゅうしん》したのだった。

＊＊＊

翌日、無事に地元まで帰ってきた俺たち。

「いやあ、海、面白《おもしろ》かったな！」

「う、うん。皆と遊べて、面白かったね」

「いきなり沢田《さわだ》先生の実家の手伝いをさせられたときは困惑したけどな！」

「確かにねぇ。というより、沢田先生と海で出会ったことが一番の驚きだよ」

「……ボインボインだった」

「ゆ、雪音《ゆきね》ちゃん⁉」

海での思い出を軽く語っていると、凜が苦笑いしながら呟く。

「それにしても……楽しい時間ってのはあっという間だねぇ」

「そうですね……私も、皆さんと遊べて楽しかったです！　ありがとうございました！」

「それはこっちのセリフだよー！」

「そうだぜ。宝城《ほうじょう》さんのおかげで、こうして思いっきり遊べたわけだしよ」

「そ、そうですか？　そう言っていただけると、誘《さそ》ったかいがあります！」

「まあでも、海はひとまず終わりとして、夏休みはしばらく続くし、またどこかで遊べないかな？」

俺がふとそう提案すると、楓が目を輝《かがや》かせた。

「いいね、遊ぼう遊ぼう！　夏休みの宿題も終わってるし！」

「そりゃアタシが付きっきりで見てやったんだからね」

「その節は大変お世話になりました……」

「……次に遊ぶとしたら、夏祭り？」

「お、祭りか！　いいじゃねぇか」

「いいねいいね！　じゃあ、次はお祭りにしよう！」

そんな感じで、次に夏祭りで遊ぶ約束をした俺たちは今度こそ解散となった。

そして、俺もまっすぐ家に帰ると……。

「ただいまー」

「わふ！」

「帰還《きかん》。おかえり」

「ブヒブヒ！」

『む？　ようやく帰ってきたか。さあ、飯の用意だ。我は腹が減ったぞ』

ナイトたちが、俺のことを出迎《でむか》えてくれた。

……昔なら、とても信じられないよな。

友達と遊ぶことも、こうして帰ったら誰かが家にいるってことも。

そんな喜びをかみしめながら、俺はナイトたちのご飯を用意する。

ただ、ナイトたちの食事を用意しながら、俺はあることを考え続けていた。

あの化け物……邪獣《じゃじゅう》って、何なんだ？　『邪《じゃ》』の成りそこないって話だけど……。

何より、世界を越《こ》えてくるなんて、どういうことだ？

俺はふと気になったことをオーマさんに訊いてみる。

「あの、オーマさん……」

『なんだ？　我は今、腹が減っているのだ。先に飯を作ってくれ！　我はカレーが食べたい！』

「は、はい」

世界を越えた邪獣のことを聞こうと思っていたのだが、ご飯の準備で忙《せわ》しなくしているうちに、そのまま聞く機会を逃《のが》してしまったのだった。

＊＊＊

佳織の別荘《べっそう》から帰ってきて次の日。

まだまだ夏休みは続くということで、今日は最近できていなかったおじいちゃんの倉庫を少し整理しようと考えていた。

すると、おじいちゃんの倉庫に興味があるのか、オーマさんやユティたちもやって来る。

『フン……前々からおかしな気配が漂《ただよ》う場所だとは思っていたが……改めて見ると、よりそれを強く感じるな』

「肯定《こうてい》。不思議な感じ」

「そ、そうか？」

確かにおじいちゃんが旅の中で手に入れたものがこの部屋にはたくさん置かれており、どれも用途《ようと》不明のモノばかりだけど……。

思わず首を捻《ひね》っていると、オーマさんは呆《あき》れた様子でため息を吐《つ》いた。

『ユウヤ……これだけ力が渦巻《うずま》く部屋にいて、何も感じぬのか？』

「へ？」

『それも、一種類の力ではない。どれもこれも、我の知らない力が宿ったものばかりだ。ユウヤの祖父とは……一体何者なのだ？』

「さ、さあ……」

オーマさんですら分からないものがあるって……おじいちゃん、本当に何を集めてたんですかね？

今から片付けようと思ったが、ちょっと触《さわ》るのが怖《こわ》くなってきた。

とはいえ、やらなきゃいつまで経《た》っても終わらないため、整理を始める。

最初こそ興味深そうに見ていたオーマさんは、結局途中《とちゅう》で飽《あ》きて、地球の家の別の部屋に戻《もど》ってしまい、ユティも弓の修行《しゅぎょう》をすると言って異世界の賢者《けんじゃ》さんの家の庭に向かった。

……まあ最初から一人でやるつもりだったからいいんだけどね。

少しずつ整理をしつつ、ついでに【鑑別】スキルも発動させてみたりしたのだが……。

「……本当におじいちゃん、どこから持ってきたんだ？」

なんと、いくつかのモノに至っては、【鑑別】スキルを使用しても、効果どころか名前すら分からなかった。

例えば、このどういう原理かは分からないが、台座に浮《う》かぶ立方体の石（？）のようなものなんかは名前も効果も素材も何も分からない。いや、本当になんで浮いてるの？ 磁力でって感じじゃないし……。

【鑑別】を発動させながら整理を続けると、ふと見覚えがあるものが出てきた。

「あれ？ これって……お坊《ぼう》さんとかが持ってそうなヤツだよね？」

それは錫杖《しやくじよう》と呼ばれるもので、俺の中では僧侶《そうりよ》が手にしているイメージだった。

これだけ用途不明のモノで溢《あふ》れる中で、今さらこんなものが出てきても特に驚《おどろ》きはないが、逆にそれが気になるな。

これも【鑑別】スキルが効かないのかと思ったが、今度はちゃんと発動した。

ただ……。

「【天錫杖《てんしやくじよう》】か……何だかずいぶん物々しいけど……何だ？ この『祓《はら》う』って……」

なんと、効果がたった一言しか書かれていなかったのだ。これじゃあ何も分からないぞ。

「何なんだ？ これ……この前、神楽坂さんが使ってた、お札と似たようなものなのかな？」

　つい先日、邪獣とやらに襲《おそ》われた時、そこで出会った巫女《みこ》さんの神楽坂さんがお札で邪獣を退治していたのをふと思い出した。あれも一種のお祓いみたいなもんなんだろうか？

　よく分からないアイテム？　武器？　を前に困惑《こんわく》していると……。

「わふ……ワン！」

「どうした？　ナイト」

　不意にナイトが吠《ほ》えたので、何かあったのかと思っていると、ナイトに次いで俺も大勢の人の気配を感じた。

「？　何だ？」

　その気配は異世界の家の方から感じられ、ひとまず整理を一時中断し、俺は手にしていた錫杖をアイテムボックスに一旦《いったん》仕舞《しま》うと、異世界の庭へと向かった。

　すると、そこにいたのはオーウェンさんやレクシアさんたちだった。

　レクシアさんたちは、全員足早に賢者さんの庭の中に入ってくる。

「はぁ……はぁ……」

「何とか……着けたな……」

「お、おい。俺たち、何度もこの【大魔境《だいまきょう》】に足を踏《ふ》み入れてるが、よく生き残れてるよな……」

「どう考えてもあの方のおかげだが、オーウェン隊長に続いて、レクシア様の護衛に任命されたルナも相当強いぞ……」

「というより、あの方とその二人以外まともに【大魔境】に入れる実力がないんだが……」

兵隊の皆《みな》さんはすでに満身創痍《まんしんそうい》といった様子で、オーウェンさんとルナも息切れをしている。

もしかしたら怪我人《けがにん》がいるかもしれないと見渡《みわた》すも、幸い怪我をしている人はおらず、アカツキに力を貸してもらう必要はなかった。

レクシアさんたちがこの場所に来た理由は分からないが、俺に用事があると思われるので、ひとまずナイトたちには、地球の家で休んでいるように告げた。でも、さっき兵隊さんたちが言っていた『あの方』って、一体誰《だれ》なんだろう？

そんな中、ただ一人元気なレクシアさんが、俺を見つけて目を輝かせた。

「ユウヤ様！　会いに来たわよ！　って……誰よ、その子⁉」

「へ？」

「？」

レクシアさんに指を差されたユティは、不思議そうに首を捻る。そんなレクシアさんの様子に、ルナも息を整えながら何度も頷《うなず》いていた。

そういえば、アルセリア王国の第一王子であるレイガー様の身柄《みがら》を確保するとき、襲撃《しゅうげき》されたって話はしたけど、その犯人が誰だったかはレクシアさんやルナにはしてなかったな……。

オーウェンさんとアーノルド様にはこの間のオーマさんの件の時に説明はしたけど。

もうオーウェンさんたちは知っているので、レクシアさんにユティの紹介《しょうかい》も含《ふく》め、素直《すなお》に説明すると、レクシアさんたちは頭を悩《なや》ませていた。

「こんな子が、お兄様と共謀《きょうぼう》していた闇《やみ》ギルドの人間だなんて……闇ギルドには女の子しかいないわけ？」

「い、いや、そんなことはないが……というか、私もこの子は見たことがない。それに、『弓聖《きゅうせい》』の弟子《でし》ということも驚きなのだが……」

「確かに……『聖』なんておとぎ話の中の存在だと思ってたし……」

二人の反応に、ユティはますます首を傾《かし》げ、とんでもないことを口にした。

「？　不明。私、もう闇ギルドと関係ない」

「へ？」

それはオーウェンさんも初耳だったようで、全員が目を丸くする。

そ、そういえば、レクシアさんの言葉でユティが闇ギルド関係の人間だってことを思い出したくらいだからな……。

それ以上に、『弓聖』の弟子という情報の方が大きい。

「以前。師匠《ししょう》を殺した人間どもを殺そうとした。でも、それは『邪』の仕業《しわざ》だった。だから、今は人間を殺す理由が特にない。……まだ、憎《にく》いけど、その気持ちを関係ない人間にぶつけたりはもうしない」

ユティなりに他《ほか》の人間に対する考え方を決めたようで、最初に襲ってきたときと違《ちが》い、今は人間であれば誰でも敵だなんて考えなくなっていた。

これは、佳織や地球の学校でできたという友達の存在が大きいのだろう。本当にユティを学校に編入させたのはよかった。

「結論。だから、闇ギルドとも連絡《れんらく》とってない。必要がないから」

「ひ、必要がないからって……貴女《あなた》、闇ギルドでどういう存在だったのよ？」

「用心棒？」

「疑問形なのか……だが、闇ギルドが用心棒とまで呼んで雇《やと》うくらいだ。私のような一員ではなく、上層部連中と繋《つな》がりがあったのだろう。どうりで見ないわけだ……」

「肯定。よく会ってた人間、偉《えら》そうだった」

　そんなユティの話を聞いていたオーウェンさんは、険しい表情で考え込んでいる。

「つまり、今の闇ギルドにはユティほどの実力者はいないわけか……あの時はユティが闇ギルドの人間だと分かった直後だったから、とても闇ギルドの放逐《ほうちく》は困難だと思っていたが……これは王都に戻り次第《しだい》、陛下に伝えなければな……」

「ところで、皆さんどうしてここへ？　道中危険だったと思うんですけど……」

　オーウェンさんたちの話では、この家がある場所は【大魔境】と呼ばれ、この世界の人間はまず近づかないし、とても行き来できるようなところではないと聞いていた。

　だが、オーウェンさんたちはそんな【大魔境】に何度も俺に会うためだけにやって来てくれたのだ。電話のような便利なアイテムはないし、魔《ま》法《ほう》もないから、連絡手段がないんだよな。……いや、電話があっても俺の家にはなかったな。

「ああ、そのことなのだが――」

《――俺が守ってやったからな》

「え、ウサギ師匠!?」

　なんと、この家に着くまでの護衛を、ウサギ師匠がしていたらしい。さっき兵隊さんが喋《しゃべ》っていたのはウサギ師匠のことだったのか。

「いったいどうしたんです？」

《何。俺はいつも通り、お前の修行のためにここに向かっていたら、珍《めずら》しく人間の姿があったからな。【大魔境】の入り口でもたもたしているし、どうやらお前に用があるみたいだから、ついでに連れてきた》

「な、なるほど……？」

確かにウサギ師匠が護衛をしていたのなら、安全だっただろうけど……。

ただ、それにしては妙《みょう》に兵隊さんたちが疲《つか》れているので、思わずそちらに目を向けた。

「き、厳しすぎる……いつもの訓練の倍以上だ……」

「ゴブリン・エリートと一対一をさせられるって……どんな悪夢なんだ……」

「逃《に》げようとすれば、あのとんでもない蹴《け》りが飛んでくるし……」

「ああ……生きてるんだな、俺たち……！」

「……ウサギ師匠？」

《何だ、ついでに鍛《きた》えてやっただけだぞ》

「……これが大魔境では普通《ふつう》なのか？」

「ウサギだし、強いし、訳が分かんねぇ……」

「それに普通に人間の言葉を喋ってるぞ……？」

どうやら、オーウェンさんたちが疲れていたのは、ウサギ師匠の訓練を受けたからみたいで、兵隊さんたちは顔を青くしている。お、お疲れ様です……。

オーウェンさんは空気を変えるように、一つ咳払《せきばら》いをした。

「ゴホン！　ところで、今日この場に来た理由だが――」

「あ、そうよ！　ユウヤ様、一緒《いっしょ》にお祭りに行きましょう⁉」

「へ？」

「……レクシア。それはいくら何でも端折《はしょ》りすぎだ」

唐突《とうとつ》なレクシアさんの言葉に間抜《まぬ》けな声を上げると、レクシアさんは目を輝《かがや》かせて続けた。

「いいじゃない！　この子……えっと、ユティだったかしら？」

「肯定《こうてい》」

「ユティのこととか、色々聞きたいことはあるけど！　それよりも私とお祭りに行くことの方が大切よ！」

「いやだから、何の説明にもなってないぞ……」

レクシアさんの様子に、ルナは疲れた様子でそう言うと、真面目《まじめ》な表情で俺に教えてくれた。

「実は、アルセリア王国と友好関係にあるレガル国で、建国百周年を祝う建国祭が行われるんだ。それに、レクシアは誘《さそ》っている」

「はあ……その、予定を確認《かくにん》してみないことには何とも……」

「ちなみにだが、拒否《きょひ》するのは難しいぞ」

「なんで⁉」

確かに、王女様であるレクシアさんの頼《たの》みを断るのは難しいだろうけど……って、あれ？　難しいじゃなくて、身分的に無理じゃない？　こっちは平民だよ？

驚く俺をよそに、オーウェンさんが頭を抱《かか》えながら説明してくれた。

「あー……その、大変申し訳ない。レクシア様が暴走したことで、レガル国がユウヤ殿《どの》へ興味を持ってしまったのだ」

「はい？　ど、どうして俺なんかが？　こう言っては何ですけど、ごく普通の一般人《いっぱんじん》──」

「「それはない」」

「そんな口をそろえて否定しなくても……」

「ユウヤ。私とレクシアはレガル国で初めて知ったのだが、お前……伝説の竜《りゅう》をテイムしたらしいな？」

「あ、オーマさんのこと？　テイムしたっていうか、偶然《ぐうぜん》ていうか……」

「その時点でおかしいと気づけ」

「た、確かに……！」

いかん、完全に感覚が麻痺《まひ》していた！

俺の中で、オーマさんが伝説の竜だってことを忘れつつあるぞ。

なんせ、一日中寝《ね》てるか食べてるかの二択《たく》だからな。地球に来た当初は、俺の持っている教科書とか地球の本なんかに興味を示してたけど、それも飽《あ》きちゃったみたいだし。

いい加減テレビを買って、オーマさんがもっと退屈《たいくつ》しないようにしないとなぁ。こっちの都合で地球を自由に出歩けないわけだし……本当に申し訳ない。

「はあ……とにかく、レガル国がお前に興味を示してな。そこの国王の口車に乗せられ、約束してしまったのだ」

「え？　約束？」

「建国祭で行われる、御前《ごぜん》試合に出場してほしいのだ」

「俺の意思は⁉」

御前試合って……あれだよな、偉い人の前で武術の達人とかが演武（？）を披露《ひろう》したり、達人同士が戦ったりするヤツだよな？

……何故《なぜ》俺がそんなものに⁉

唖然《あぜん》とする俺に対し、レクシアさんはどこか気まずそうに視線をそらした。

「そ、その……向こうの国王が、ユウヤ様が『剣聖《けんせい》』より弱いって言うから……」

「はい？」

《小娘《こむすめ》。今、『剣聖』と言ったか？》

それまで興味なさそうにしていたウサギ師匠は、レクシアさんの言葉に反応すると、少し驚《おどろ》いた様子で訊《き》いた。

だが、レクシアさんはそれよりも、ウサギ師匠の言葉が引っ掛《か》かったようだ。

「こ、小娘ですって⁉　そもそも、貴方《あなた》は誰なのよ⁉　オーウェンたちよりちょっと強くて、人間の言葉がしゃべれるからって調子に乗らないでよね！」

《何だ、ユウヤ。コイツらに俺のことを教えていないのか？》

「え？　あー……言われてみれば……ていうか、ウサギ師匠が自分で名乗らなかったんですか？」

《名乗ったぞ。ウサギとな》

「それは名乗ったと言えるんですかね……？」

ウサギ師匠の言葉に、俺は首を捻《ひね》った。ま、まあ本当のことを言ってるけど、『蹴聖《しゅうせい》』とか、そういう大事な部分は何も教えてないみたいだ。

「……よくよく考えれば、我々はこの方をよく知らないまま、守られていたわけだな。いきなりウサギが喋りかけてきた上に、我々が束になっても敵《かな》わない力を持っているから、大人しく従わざるを得なかったという面もあるが……」

オーウェンさんも愕然《がくぜん》としながらそう呟《つぶや》いた。ウサギ師匠って強引《ごういん》なところがありますからね。仕方ないです。

俺は気まずい中、ウサギ師匠を紹介《しょうかい》した。

「えっと……こちら、俺の師匠である、ウサギ師匠です。『蹴聖』と『耳聖《じせい》』の称号《しょうごう》を持つ方です」

「え⁉」

「なっ⁉　こ、この方が⁉」

「ユウヤはどこまで私たちを驚かせれば気が済むんだ……」

ウサギ師匠が『聖』を冠《かん》する存在だと知ったレクシアさんたちは、目を見開いて固まった。オーウェンさんたちの話では、オーマさんと同じで、『聖』は尊敬を通り越《こ》しておとぎ話の中の存在らしいからな……。

そんなことを考えていると、ウサギ師匠は不思議そうに首を捻る。

《何だ、まだ紹介が足りないぞ》

「え？　他《ほか》に紹介することって……？」

《確かに俺は、ユウヤに戦闘術《せんとう》を教えているが、それと同時に俺もユウヤから魔法を教わっている。つまり、師匠《ししょう》であり、弟子《でし》というわけだな》

「あ……」

『えええええええええ⁉』

「共感。ユウヤ、かなりおかしい」

ウサギ師匠の言葉に、レクシアさんたちだけでなく、後ろで聞いていた兵隊さんたちまでもが声を上げて驚いていた。

「い、いや、『聖』の弟子ってのは分かるが……」

「おいおい、『聖』の弟子ってだけで意味わからねぇだろ⁉」

「『聖』の弟子かつ師匠であり、伝説の竜の主《あるじ》って……ユウヤ殿は一体何者なのだ……？」

何だか色々言われている気がするが、どれもこれも不可抗力《ふかこうりょく》なんです！

ウサギ師匠にはピンチだったところを助けてもらった恩がありますけど、そこから弟子になったり師匠になったりしたのはいつの間にかであって！

あれこれ言いたいことはあるが、ウサギ師匠の言葉で、完全に皆《みな》さん俺のことをとんでもない存在だと誤解してしまった。

そんな俺の気持ちなど気にせず、ウサギ師匠はレクシアさんに向かって不敵な笑《え》みを浮《う》かべる。

《と、いうわけだ。分かったか？　小娘》

「ぐ、ぐぐぐぐ」

さすがにウサギ師匠相手だと、小娘って呼ばれることも認めざるを得ないみたいだ。実際、ウサギ師匠がどれくらいの年月生きているのか分からないけど、実力はオーマさんを除《のぞ》けば一番だもんな……。

すると、ウサギ師匠は笑みを消すと、真面目な表情になり、改めてレクシアさんを見た。

《さて、からかうのはこれくらいにするか。もう一度訊くが、レガル国に『剣聖』がいるんだな？》

「え、ええ。向こうの国王はそう言ってたわ。それで、ユウヤ様のすごさを耳にした国王が、『剣聖』の方がユウヤ様よりすごいって言ったのよ！　だから、それを否定してたら、いつの間にか……」

徐々《じょじょ》に語尾《ごび》が消えていくレクシアさん。本当にレガル国の王様に乗せられちゃったんだ……。

だが、これればかりはなぁ。

なんでレクシアさんが俺の方が強いって思ったのかは分からないが、ウサギ師匠と同じ『聖』を冠する人でしょ？　その弟子のユティにですら勝てないのに、『剣聖』とまともな勝負になるわけがない。

「その、すみません。御前試合ですが、俺は――」

《参加しろ》

「え」

俺は思わずウサギ師匠を見つめた。えっと……ウサギ師匠？　今何とおっしゃいました？

冷《ひ》や汗《あせ》を流し、ウソだと思いつつ改めて訊く。

「その……今、なんと？」

《聞こえなかったのか？　参加しろといった。拒否権はない。師匠命令だ》

「横暴すぎません⁉」

畳《たた》みかけるようにそう言われた俺は、思わずそう叫《さけ》んだ。

だが、ウサギ師匠は腕《うで》を組んでニヤリと笑う。

《本当にその国に『剣聖』がいるのなら、俺としても都合がいい。『邪《じゃ》』のことで相談もあるしな。だが、それ以上に、お前の修行《しゅぎょう》としてうってつけだ》

「え？」

《俺は蹴《け》りを教えることはできるが、剣は教えられん。お前の戦闘スタイルは徒手空拳《としゅくうけん》に、剣や槍《やり》といった多彩《たさい》な武器を織り交ぜたものだ。ならば、剣の修行も必要だろう？》

「それは、まあ……」

ウサギ師匠の言う通り、どちらかと言えば、俺は賢者《けんじゃ》さんの残した武器である【全剣《ぜんけん》】や、【絶槍《ぜっそう》】といった武器を使用する戦いが主だ。もちろん、ウサギ師匠から学んだ蹴りを含《ふく》めた、格闘戦《かくとう》もするけど。

歯切れの悪い俺の様子に、ウサギ師匠は真剣《しんけん》な表情を向けた。

《お前がどう思おうが、もはや『邪』はお前を逃《のが》さん。『邪』との戦闘に巻き込んだことは、正式に『聖』を継《つ》いだわけではないお前には申し訳ないと思う。だが、これぱかりはどうしようもないのだ。だからこそ、お前が少しでも生き残れるよう、お前を鍛《きた》えてやるのが俺の使命だろう》

「ウサギ師匠……」

ユティの襲撃《しゅうげき》でも思ったが、この世界で安全に生きるには、本当に力が足りない。

……『拳聖《けんせい》』にウサギ師匠がやられていた時、俺だけの力じゃまともに動けなかったのは今でも後悔《こうかい》している。

ウサギ師匠やユティの話では、俺の中にいるクロ……『邪』の力で倒《たお》せたらしいが、それだってまともに扱《あつか》えなかったのが現実だ。

俺がウサギ師匠やユティ、ナイトたちにだけでなく、地球で佳織たちに危険を及《およ》ぼすようなことがあれば、俺は自分を許すことができないだろう。

なら、俺は『邪』の力に頼《たよ》らずともこの世界で安全に過ごせるよう、力を手に入れるしかないのだ。

「……なんかとんでもない話してない？」

「聞かなかったことにしましょう」

すると、背後でレクシアさんたちが何かを話していたが、今の俺はそれを気にすることなく、最後は一つ頷《うなず》いた。

「……分かりました。幸い、今は時間がありますし、どこまで通用するか分かりませんが、お受けいたします」

「ほ、本当!? よかったわ！　ね、ルナ！」

「あ、ああ。だが、本当にいいのか？」

「うん。ですが、言った通り、レクシアさんに期待されるほどの実力はないので、そこは大目に見てもらえると……」

俺が自信なげにそう言うと、ウサギ師匠は獰猛《どうもう》な笑みを浮かべた。
《ならば、俺が多少でも張り合えるよう、今からでも特訓してやろう》
「え」
《小娘。その建国祭とやらはいつだ？》
「へ？　あ、えっと……一応、一週間後だけど……」
《一週間か……短いが、今よりマシにしてやる。覚悟《かくご》しろよ？》
「おおう……」
俺はその建国祭までの一週間、どんな地獄《じごく》の特訓が待ってるのかと、恐怖《きょうふ》で震《ふる》えるのだった。

＊＊＊

――――優夜が『剣聖』との御前《ごぜん》試合に向けて、ウサギ師匠の特訓を受けているころ、レガル国にある【オールズの森】では、少年の『邪』と二人の『堕聖《だせい》』が話していた。

「あ～、早く思いっきり暴れたいなぁ！　『剣聖』をぐちゃぐちゃにして、彼女の悲鳴を聴《き》きたいなあ！」

「グギャアアアアア!?」

「グルォオオオオオ！」

目を輝《かがや》かせる少年の『邪』は、目の前にあるレガル国を攻撃《こうげき》できないストレスを、周囲の魔物《まもの》にぶつけていた。

そのどれもがA級やS級の魔物であり、とても簡単に倒せるような存在ではなかった。

だが、少年の『邪』にとっては、魔物の存在に大差はなく、どれも等しく弱者として認《にん》識《しき》していた。

「ほらほら、もっと暇《ひま》つぶしに付き合ってよぉ」

「ガ、ガアアアア！」

「グ、グゲェ……」

少年の『邪』の体から黒い靄《もや》が噴出《ふんしゅつ》したかと思うと、それは無数の鋭《するど》い刃《やいば》へと変わり、魔物の体を貫《つらぬ》き、またはその身を切り裂《さ》いた。

A級やS級に分類される魔物だからこそ、防御力《ぼうぎょ》は普通《ふつう》ではないが、少年の『邪』の攻撃はいとも容易《たやす》く魔物の防御を貫通《かんつう》し、命を刈《か》り取った。

中にはすでに殺された死体を手慰《てなぐさ》みに切り刻んだりと、少年の『邪』の周りには気づけば魔物の屍《しかばね》の山が出来上がり、周囲には血の臭《にお》いが充満《じゅうまん》していた。

すると、少年の『邪』が魔物を殺して遊んでいる中、槍を扱う『堕聖』が、少年の『邪』

に声をかけた。

「――よろしいでしょうか？」

「ん〜？　どうしたの？」

「少し前にレガル国の状況《じょうきょう》を調べてきた際、耳にしたのですが……どうやら『剣聖』もこの森の魔物を間引いているそうです」

「へえ〜！　そうなんだ？」

「ですので、あまり派手に動かれますと、我々の動きを察知される恐《おそ》れが――」

そこまで言いかけた槍の『堕聖』だったが、その次の言葉が出てこなかった。

突如《とつじょ》、少年の『邪』から放たれた圧倒《あっとう》的な殺気に、体が動かなくなったのだ。

「ねえ、どうしてお前ごときが僕の行動を指図するの？」

「い、あ、ぁ……ぅ……」

必死に口を動かし、何かを言おうとするも、槍の『堕聖』は言葉を発することができない。

本来、『聖』は『邪』が相手であれば、そのステータスが完全解放されるだけでなく、二倍の状態で『邪』と戦える。

だが、この場にいる槍の『堕聖』も、鎌《かま》の『堕聖』も、たとえ二人がかりで目の前の少年の『邪』に襲《おそ》い掛《か》かったとしても、傷一つつけることができないと確信していた。

それほどまでに、実力の差があり、それを見せつけられたからこそ、『堕聖』として『邪』に降《くだ》っているのだ。

槍の『堕聖』だけでなく、鎌の『堕聖』も少年の『邪』から放たれる殺気に体を硬直《こうちょく》させる。

「何だか調子に乗ってるみたいだけど、お前らは所詮《しょせん》僕らの駒《こま》なんだよ。奴隷《どれい》ってわけ。分かる？」

「……」

「奴隷がさあ、主人に意見するって……虫唾《むしず》が走るよねぇ」

少年の『邪』が苛立《いらだ》たし気に腕を振《ふ》るうと、その腕から漆黒《しっこく》の波動が放たれ、【オールズの森】の一部を大きく消し飛ばした。

そこには巨大《きょだい》なクレーターが出来上がる。

あまりにも格が違《ちが》う強大さに、ますます体を硬直させていると、突然《とつぜん》少年の『邪』は雰《ふん》囲気《いき》を和《やわ》らげた。

「……ま、ここで『剣聖《けんせい》』に見つかって、戦うのもいいけど、それだと面白《おもしろ》くないもんねえ。ついまた派手にやっちゃったけど、お前の言う通り、これからは大人しくするよ。僕としても、最高に楽しい場面で、最高の悲鳴が聴きたいからね！」

少年の『邪』は無邪気《むじゃき》にそう笑うと、これから行われる建国祭に思いを馳《は》せる。

――こうして、様々な思惑《おもわく》が、レガル国に集中しつつあるのだった。

第五章　御前試合

「ここがレガル国よ！」

「おお！」

「賑《にぎ》やか」

「わん！」

「ふご～」

『フン、騒々《そうぞう》しいな』

一週間後、再び迎《むか》えに来てくださったレクシアさんたちと【大魔境《だいまきょう》】の入り口で合流し、すでに建国百周年のお祭りムードのレガル国へとやって来ていた。

その際、アルセリア王国の王都のように、一日で着くような距離《きょり》にはなかったため、野営や途中《とちゅう》の村を経由しながら来たわけだが……それだけでも中々できない体験で、とても新鮮《しんせん》だった。

もちろん、野営なんかせずとも、俺は転移魔法《まほう》で家まで帰れるが、レクシアさんたち以外に転移魔法がバレるのは非常に危険なので、皆《みな》さんと同じく野営しながら、無事にレガル国にたどり着けた。

街はアルセリア王国と同じく活気があることに変わりはないが、雰囲気は大きく違っていた。

一番違う点といえば、ローブ姿の人間が非常に多く、魔法を活用した商売をしている人が非常に多いことだろう。

分かりやすいところでいえば、魔法を使った大道芸……火の玉を一度にたくさん操《あやつ》っている人や、買い物をしている人たちの買ったものが、何やら風の膜《まく》のようなものに覆《おお》われ、空中に浮《う》かんだまま運ばれていたりと、魔法が生活の中に多く使われている印象を受けた。

レクシアさんに話を聞いたところ、このレガル国は他《ほか》の国に比べ、圧倒的に魔法の研究が盛《さか》んであるらしく、それが街に現れているらしい。なるほどなぁ。

ちなみに、前にアルセリア王国をレクシアさんたちと見て回った時は、レクシアさんはお忍《しの》びの恰好《かっこう》をしていたが、今はちゃんと王女様としての豪華《ごうか》な服に身を包んでおり、街の人たちはレクシアさんのことを物珍《ものめずら》しそうに遠目から眺《なが》めてくるものの、声をかけたりはしてこないし、不必要に歓迎《かんげい》ムードも出していない。恐らくアルセリア王国の王女だということには気づいていないんだろう。

よく分からないけど、公式に出歩いたりしない限りは街の人の反応ってこんなものなのかね？　今はそれがありがたいけど。

「人が多いなぁ」

「わふ」

「ふご」

『フン……騒々しい』

周囲の様子を思わず見回していると、レクシアさんが不思議そうに訊《き》いてきた。

「そういえば、ユウヤ様のお師匠《ししょう》さんはどちらに？」

「え？　あ、そういえば……」

『ヤツならば、【剣聖】とやらに会いに行くと言っていたぞ』

オーマさんが人混みを鬱陶《うっとう》しそうに見つめながらそう言った。

すると、その様子を見て、レクシアさんやルナが頬《ほお》を引き攣《つ》らせる。

「あ、改めて考えると信じられんな……この小さい竜《りゅう》が、かの伝説の竜だとは……」

「体のサイズを自由にできるアイテムなんて、それだけでも超《ちょう》希少なのに、それをさらに伝説の竜に使ってるんだものね……」

今日のレガル国で行われる御前試合のことを伝えに来たときは、レクシアさんたちはオーマさんに会っていなかったので、こうしてこの国に向かう前に初めて出会ったわけだが、やはり小さいオーマさんの姿では伝説の竜……創世竜だとはとても思えなかったようで、それにムッとしたオーマさんが大きくなろうとするなど、出発直前にひと悶着《もんちゃく》あったのだ。

それはともかく、オーマさんの話ではウサギ師匠は『剣聖』に先に会っているみたいだが……誰《だれ》からも案内されてないのに会えるんだろうか？　それとも、同じ『聖』どうしなら近くにいれば分かるとか？

そんなことを考えていると、不意にレクシアさんが俺の腕《うで》を抱《かか》え込んできた。

「れ、レクシアさん⁉」

「それよりも、せっかく来たんだし、王都を見て回りましょうよ！」

「そ、それはいいんですけど、その……胸が……」

「当ててるんです！」

「当ててる⁉」

そんな堂々と言われると思わなかった俺は、ついツッコんでしまう。

すると、ルナがそんなレクシアさんを窘《たしな》めた。

「おい、レクシア。お前は一国の王女だろう？　そんなふしだらな真似《まね》は――――」

「あら、私は一国の王女の前に、一人の女よ？　それとも、ルナ。もしかして、羨《うらや》ましいのかしら？」

「うっ！」

ルナはレクシアさんの言葉に、顔を赤くして呻《うめ》いた。

「そ、そんなワケないだろう！」

「なら、黙《だま》ってなさいよ。私はユウヤ様と楽しく祭りを見て回るんだから！　貴女《あなた》は後ろの方から護衛してなさい」

「ぐぐぐぐ……！」

「えっと、レクシアさん？　それにルナも……」

「ユウヤッ！」

「は、はい⁉」

急に呼ばれたことで背筋を伸《の》ばして返事をすると、ルナはさっとレクシアさんと反対側の腕を抱《だ》きかかえてきた！

「る、ルナさん⁉」

「わ、私もユウヤと祭りを見て回るぞ！」

「何ですって⁉　護衛はどうするのよ⁉」

「レクシア。私も護衛の前に、一人の女だぞ？」

る。

何故《なぜ》か勝ち誇《ほこ》った表情を浮かべるルナに対し、レクシアさんは悔《くや》しそうな表情を浮かべ
「うぐ……！」

その……両腕《りょううで》を女の子にとられるという信じられない状況《じょうきょう》に、俺の思考は完全に停止していた。

レクシアさんは俺に結婚《けっこん》を申し込んできた相手だし、ルナに至っては……その……キスをしてくれた相手なのだ。意識するなという方が無理だろう。

「第一、この場所にはユウヤだけでなく、伝説の竜やユティ、ナイトたちもいるんだぞ？これ以上安全な場所がどこにある？」

「そ、それは……」

確かに、オーマさんたちがいる以上、ここより安全な場所はないだろうなぁ。オーマさんが守ってくれるかは分からないけど。

そのためか、オーウェンさんや他の兵士さんたちは少し離《はな》れた位置から護衛をしていた。

「さあ、ユウヤ。こっちを見て回ろう」

「あ、ちょっと！　ユウヤ様、こっちに行きましょうよ！」

「うわあっ！」

両腕を引かれ、そのままレクシアさんたちに連れまわされる俺。

そんな俺を見て、オーマさんが呆《あき》れた様子で呟《つぶや》いた。

『……案外、ヤツの一番の敵は【邪《じゃ》】などではなく、女かもしれんな』

「？　疑問。なら、私に勝てない？」

『フン。そういう生物学的な話ではないが……この手の話は、あの賢者《けんじゃ》ですら苦手だったわけだ。アイツも女相手に苦労していたからな。そう思うと、ヤツとユウヤはますます似ているな……』

俺の後ろでそんな会話がされていたことを、俺は知る由《よし》もなかった。

＊＊＊

「御前《ごぜん》試合ねぇ……」

レガル国にある貴賓《きひん》室にて、『剣聖《けんせい》』イリスはため息をついて休んでいた。

頼《たの》まれていた仕事の一つである【オールズの森】の魔物《まもの》を間引く作業も終わり、今は御前試合に向け、休養を取るように国王であるオルギスから言われていたのだ。

「どうして御前試合なんか……でも、もしかしたら、私より強い男と出会えるかしら？」

婚約者《こんやくしゃ》の条件として、自身より強い男性を求めていたイリスは目を輝《かがや》かせるも、すぐさま暗い表情に戻《もど》った。
「……いえ、期待するだけ虚《むな》しいわね。今までずーっと探し回ったけど、出会ったことがないんだから、そう簡単に出会えるわけないじゃない。はぁ……」
《――フン。かの『剣聖』がため息とは、珍《めずら》しいな》
「！　ウサギ？」
不意に声をかけられ、イリスがその方向に視線を向けると、貴賓室のバルコニーに、『蹴《しゅう》聖《せい》』であるウサギが静かに佇《たたず》んでいた。
《久しいな、イリス》
「ええ、そうね。それよりも、貴方《あなた》がこんな人間の多い場所に来るなんて珍しいわね？何かあったのかしら？」
《まあな。俺もこの国に用があってな。ひとまず、近況《きんきょう》報告もかねて、情報の交換《こうかん》をするために、お前のところに来たわけだ》
「なるほど……いいわ、入りなさい。今お茶を用意するわね」
中に招き入れられたウサギは、貴賓室の中を珍しそうに見渡す。
《豪華な部屋の割には、使用人はいないのか？》
「それは私が断ったのよ。自分のことは自分でするし、何より気が散るのよね」

《なるほどな。それよりも、俺を勝手に招き入れてよかったのか？》
「入って来てて今さらね……大丈夫《だいじょうぶ》よ。何より貴方も『聖』を冠《かん》する存在なわけだし、むしろ歓迎されるんじゃないかしら？」
《フン。人間とはつくづく現金なヤツらだな》
「あら、それを言ってしまえば、私も人間よ？」
《『聖』を冠する存在など、もはや普通《ふつう》の人間ではない》
「酷《ひど》いわね、そんな化け物みたいに……」
呆れながらも二人分の茶を用意したイリスは、ウサギの対面に座ると、改めて聞いた。
「それで？　わざわざ私に会いに来たんだし、何かあったのかしら？」
《――『拳聖《けんせい》』が、『邪』に堕《お》ちた》
「！　……そう」
静かにそう口を開いたイリスは、茶を一口飲んだ。
「……ある程度、情報として入って来ていたから、予想はできてたけどね」
《ああ。ヤツが『聖』の中でも一番制御《せいぎょ》が利《き》かないことは誰もが知っていた。だからこそ、『邪』に堕ちたこと自体はさほど驚《おどろ》きはなかった。だが、ヤツはその力で他の『聖』を狩《か》り始めた》

「……なるほど。だから、何人も連絡《れんらく》が途絶《とだ》えちゃったわけね」

一瞬《いっしゅん》悲しげな表情を浮かべるも、すぐに冷静な口調でそう口にするイリス。

「でも、たとえ『拳聖』が『邪』に堕ちたからって、『拳聖』の暴走を止められそうな『聖』も何人かいたでしょう？　例えば、『弓聖《きゅうせい》』は……」

《……ヤツは、人間に殺されたよ》

「なっ⁉」

ウサギの言葉に、イリスは絶句した。

『邪』から人間を守護する存在である『聖』が、その庇護《ひご》対象である人間に殺されたというのだ。驚かない方が難しかった。

「ど、どういうことよ？　一番人間を愛していたあの子が、その人間に殺されるなんて……」

《……ああ。だが、そう動くように仕向けたのは、『邪』だ。『邪』に扇動《せんどう》された人間が、『弓聖』を殺したんだよ》

「そう……どうりで最近、たくさん『邪獣《じゃじゅう》』を見かけるようになったと思ったわ……」

《！　『邪獣』が大量発生してるのか？》

「ええ。『邪』のことは、『拳聖』の話や他の『聖』の状況から何となく想像できてたけど、

『邪獣』が湧《わ》いてきたってことは、本格的に動き始めてるってことでしょうね」

《……だろうな。『邪獣』があちこちに出現するということは、それだけ負の力が溢《あふ》れ出てる証拠《しょうこ》でもある。俺たちが動かなきゃいけないのも時間の問題だろう》

「それで、残ってる『聖』は何人か分かるかしら？」

イリスにそう訊《き》かれたウサギは、苦々しい表情を浮《う》かべる。

《分からん。『魔聖《ませい》』あたりは生きていそうだが……他は『拳聖』に狩られたか、同じように『邪』に堕ちたかだろう》

「やっぱり、他にも『邪』に降《くだ》った『聖』はいるわよね……」

情報として知ってはいたが、あまり信じたくなかったイリスは、残念そうにため息を吐《つ》いた。

そこまで話したところで、イリスはあることに気づく。

「そういえば……アナタ、この国に用があるって言ってたけど、貴方もレガル国王に招かれたわけ？　アナタって、人間と関《かか》わるのは苦手な『聖』だと思ってたけど……」

《ああ、そのことか》

イリスの言葉にウサギは笑《え》みを浮かべた。

《お前は今日、御前試合とやらをするんだろう？》

「え？　そうだけど……どうして貴方が知ってるのよ？　ハッ⁉　まさか、その相手って貴方なの？」

《いいや。残念ながら違《ちが》うぞ》

「そう……貴方じゃないなら、誰が出てくるのかしら？　まだ相手のことを詳《くわ》しく聞いていないんだけど……こういってはあれだけど、私とまともに打ち合える相手なんていないと思うんだけどね」

《安心しろ。お前の相手はとびっきりの異才だ》

「ちょっと待って。どうして貴方が対戦相手を知ってるような口ぶりなのよ？」

《それは、お前の相手は俺の弟子《でし》だからな》

「！」

ウサギの言葉に、イリスは目を見開いた。

「弟子って……貴方、弟子とったの⁉　『拳聖』と並んで一番弟子をとらなそうだったのに⁉」

正直なイリスの感想に、ウサギは不機嫌《ふきげん》そうに視線を逸《そ》らす。

《フン。『拳聖』と同じ扱《あつか》いを受けるのは癪《しゃく》だが……まあその感想は分からなくもない。だが、俺が弟子にしてもいいと思ったから、そいつを鍛《きた》えている》

「貴方がそこまで褒《ほ》めるなんて……そのお弟子さんはかなり強いみたいね？」
《フッ……まあ楽しみにしているといい。油断をすると、足元をすくわれるぞ？》
「……なるほどね。肝《きも》に銘《めい》じておくわ」
こうして、情報交換を終えたイリスは、ウサギの弟子に興味を抱《いだ》きつつ、御前試合前に行われる闘技《とうぎ》大会を見るため、闘技場へ移動するのだった。

＊＊＊

「すごい人だな……」

レクシアさんとルナに連れまわされ、色々と街中を堪能《たんのう》した俺たちは、御前試合の会場である闘技場へとやって来た。

どうやらメインイベントである御前試合の前に、闘技大会が行われるらしく、それらを観戦することに。

ただし、俺はその闘技大会が終わり次第《しだい》、すぐに御前試合に挑《いど》むため、普通の入り口ではなく、裏口から闘技場へと入った。

すると、レクシアさんの姿を見た闘技場の係員が、俺たちを一つの部屋の前に案内した。

重厚な木製の扉《とびら》で、装飾《そうしょく》と相まってかなり豪華《ごうか》だが、中に誰《だれ》がいるんだろうか？

「こちらにて、陛下がお待ちです」

「え」

「分かったわ」

なんと、部屋の中にはこの国……レガル国の王様がいるらしく、いきなり国の王様と会う事態に慌《あわ》てふためいた。

「ちょ、ちょっと待ってください！　俺、正装とかしてないんですけど……！」

「大丈夫よ！　ユウヤ様は何もしてなくても高貴だから！」

「理由になってないですよね⁉」

何もしてなくても高貴ってどういうこと⁉

それに、俺だけじゃなく、ユティやナイトたちも一緒《いっしょ》で大丈夫なんだろうか？

そんな俺の心配を察してか、ルナが呆《あき》れた様子で口を開く。

「まあ、そこら辺は大丈夫だろう。言ってしまえば、ユウヤは我々の都合に巻き込まれた形だ。これくらいのことで目くじらは立てんだろう」

「そ、そういうもんなのかな？」

「提案。怒《おこ》られたら、帰ればいい」

「それはもっとダメじゃない⁉」

どうしよう、不安だ……！

慌てる俺をよそに、案内してくれた係員が扉をノックすると、中から入室許可の声が聞こえてきた。

係の人が扉を開けると、レクシアさんは堂々と中に入っていく。

俺も扉を開けてくれている係の人に会釈《えしやく》をしつつ、慌てて入室した。

部屋の中では、まるで海外の俳優さんのようなカッコいい中年男性が二人と、俺たちと同い年くらいのドレス姿の女性が一人、待っていた。

俺やナイトたちは全員入室したが、オーウェンさんや他の兵士さんたちはみんな部屋の外で待機するようで、中に入ってこなかった。まあ、他国の王様と会うのなら、威嚇《いかく》しているように見えるとか、俺には分からない理由があるんだろう。それでもルナはいるので、レクシアさんの護衛はちゃんといる。

すると、ひときわ豪華な服に身を包んだ男性が、手を広げて出迎《でむか》えてくれる。

「おお、これはレクシア殿《どの》！　この間ぶりだな」

「ええ、オルギス様もお変わりないようで……」

完全に部屋の中の空気に委縮する俺をよそに、レクシアさんとレガル国の国王様（？）らしき人物がにこやかに会話を始める。

だが、その会話は一見にこやかに見えて、どこか恐《おそ》ろしさを感じた。

ルナもそんなレクシアさんの護衛として、いつの間にか背後に控《ひか》えているし、ナイトたちはいつも通り大人しくしている。

唯一《ゆいいつ》アカツキとオーマさんは、退屈《たいくつ》そうに欠伸《あくび》をしていた。

ユティはこの部屋が物珍《ものめずら》しいのか、周囲を興味深そうに見渡《みわた》しており、ただ俺一人がこの状況《じょうきょう》に緊張《きんちょう》しているらしい。お、おかしい。ここまで緊張する俺が変なのか？

ガチガチに固まっている俺だったが、ふと視線を感じたのでその方向に顔を向けると、ドレス姿の女性が俺のことをぼーっとしながら見つめていた。

「あ、あの……何か？」

「へ⁉　い、いえ、何でもありませんわ！」

「そ、そうですか……」

何か粗相《そそう》をしたんじゃないかと頭が真っ白になりかけたが、どうやら違ったらしい。だとしたらなんで見られてたんだ？　……あ、俺が誰か分からないんだし、そりゃ見るか。

そんな風に納得《なっとく》していると、レクシアさんと会話をしていた男性が、俺に目を向けた。

「ところで……そちらの男性が？　他《ほか》にも色々連れているようだが……」

「ええ、そうです。この方こそ、私の婚約者《こんやくしゃ》であるユウヤ様です！」

「え、婚約者⁉」

確かに求婚《きゅうこん》されたが、それはお断りしたはずじゃ⁉

またも焦《あせ》る俺に、ルナは呆れた様子で口を開いた。

「……レクシア。あまりユウヤを困らせるな」

「いいじゃない！　言ったもん勝ちよ！」

「それはたちが悪すぎる」

すみません、レクシアさん。俺もルナの言う通りだと思います……。

レクシアさんの言葉に唖然《あぜん》としている男性に対し、俺は頭を下げて自己紹介《しょうかい》をした。

「ユウヤ・テンジョウと申します」

「紹介。ユティ」

俺に続き、ユティも短くそう告げる。

そのまま、俺はナイトたちも紹介した。

「俺の家族のナイトとアカツキ、そしてオーマさんです」

「わふ！」

「ふご～」

『フン……』

ナイトは凛《りん》とした姿で一つ吠《ほ》えるが、アカツキは気安く片方の前足を振《ふ》り、オーマさんに至っては寝《ね》そべった状態から特に動かなかった。

慌ててオーマさんとアカツキを注意しようとするも、その前に男性が驚《おどろ》いた様子で口を開く。

「こ、これは……まさか人語を話す竜《りゅう》とは……噂《うわさ》には聞いていたが、本当に【エンシェント・ドラゴン】を手懐《てなず》けているとは……」

「え？」

男性の口から語られた、【エンシェント・ドラゴン】という言葉に、思わず首を捻《ひね》る俺だったが――――。

『――貴様、なんといった？』

「――――」

次の瞬間《しゅんかん》、すさまじい威圧《いあつ》が部屋中を支配した。

それはオーマさんから放たれた圧力であり、目の前の男性に向けられたものだった。

とはいえ、部屋中のガラスはすべて割れ、さらに壁《かべ》にはヒビまで入った。あ、圧力だけでここまで周囲に影響《えいきょう》が出るのか……。

しかし、その圧力を直接向けられている国王様だと思われる男性と、もう一人の男性、そしてドレス姿の女性は顔が真っ青を通り越《こ》して白くなっており、身を震《ふる》わせている。

『もう一度問うぞ。今、我のことを何だといった？』

「あ、そ……」

いきなりそんな圧力を放出するとは思いもしなかった俺は、思わず驚きで固まっていたが、慌ててオーマさんに声をかけた。

「お、オーマさん、ストップ！　ダメですよ！」

『ユウヤよ、何故《なぜ》止める？　こやつらは我のことを【エンシェント・ドラゴン】風情《ふぜい》と一緒にしたのだぞ？　そのような侮辱《ぶじょく》、許されるはずがなかろう？』

「いや、その【エンシェント・ドラゴン】が何なのか分からないんですけど……」

『ウソだろう⁉　それくらい知っておかんか！』

俺の言葉がよほど信じられなかったのか、オーマさんは目を見開いて俺を見つめた。

その際、先ほどまで部屋を支配していた圧力は消えたため、解放された男性たちは必死に息を求めて喘《あえ》ぎながら、地面に膝《ひざ》をついた。

「ああ、すみません、すみません！」

俺は慌てて男性たちに近寄り、肩《かた》を貸して部屋の中にある椅子《いす》に座ってもらった。

すると、俺の言葉が不満だったようで、オーマさんは文句を言ってくる。

『おい、ユウヤ。何故貴様が謝る！』

「オーマさんにとって何が嫌《いや》だったのか分からないですが、侮辱されたと感じたのならそれは本当なんでしょう。でも、オーマさんの圧力は普通《ふつう》の人じゃ耐《た》えられないんですよ？　それに、皆《みな》さん、オーマさんと今日初めて会うんだから、知らなくて当然です。だから、オーマさんを止められなかった俺が謝っているんですよ」

『うぐ……』

オーマさんは俺の言葉に唸《うな》ると、不貞腐《ふてくさ》れた様子で再び寝そべった。

ただ……。

『……すまなかった』

そう、一言謝罪の言葉を口にした。

それを受け、ようやく一息つけた様子の男性は、顔を強張《こわば》らせながら口を開く。

「こ、こちらこそ……大変失礼を致《いた》した……どうやら、創世竜という話は、本当だったようですな……」

『そうだ。我はあんな雑魚《ざこ》どもと一緒ではない。よく覚えておけ』

「え、【エンシェント・ドラゴン】が雑魚扱《あつか》い……」

もう一人の男性が、震える声でそう呟《つぶや》いた。

よく分からないが、オーマさんにとっては【エンシェント・ドラゴン】とやらは弱いけど、人間からするととんでもない存在らしい。

まあドラゴンが弱いわけがないし、逆にオーマさんが強すぎるんだ。

そんなことを考えていると、ドレス姿の女性が、目を見開いたまま口を開く。

「で、ですが、伝説の竜は伝承の中で、賢者《けんじゃ》に討《う》たれたはずじゃ……」

「ライラッ！」

呆然《ぼうぜん》としながら語ったその内容に、慌てて男性が窘《たしな》める。

今、賢者って言ったか⁉

俺も女性の言葉に驚いていると、オーマさんは気まずそうに視線をそらした。

『……若気の至りで暴れていたところを、ヤツに殴《なぐ》られ、止められただけだ。そこからは大人しくしていたから、討伐《とうばつ》されたなどという話になったのだろうよ』

確かにオーマさんと出会った時、そんなことを言っていたな。

オーマさんの説明に唖然としていた男性たちだったが、そのうち豪華《ごうか》な服の男性が大声で笑った。

「ハハハハハハ！　そうでしたか！　なるほど、かの昔話に登場する賢者は、とんでもない人物だったようですな？」

『フッ……そうだな。あやつ以上の人間など、そう出てくることはないだろう。もしくは――』

「ん？」

そこまで言いかけたオーマさんは、何故か俺に視線を向けてきた。何だ？

首を捻る俺に対し、オーマさんはおかしそうに笑うだけで、何も言わなかった。何なんだ？

すると、豪華な服を着た男性が咳払《せきばら》いをした。

「ゴホン。さて、我々の自己紹介がまだだったな。我はこのレガル国の王である、オルギスだ。こっちにいる男が宰相《さいしょう》のロイル。そして、娘《むすめ》のライラだ」

「あ、どうも……」

上品に礼をしてくる二人に対し、思わず素《す》の状態で会釈《えしゃく》をしてしまう俺。だ、ダメだ。圧倒《あっとう》的にマナーやら気品が、俺には足りてません！

「いやあ、しかし……ユウヤ殿は名前の響《ひび》きからもここら辺の人間ではなさそうだが……かなりの御仁《ごじん》だな？」

「そ、そうでしょうか？」

「いやいや、伝説の竜を従えているのだ。これが傑物《けつぶつ》でなければ、誰《だれ》をそう呼べというのだ？」

「は、はあ……」

そういうもんだろうか？　オーマさんはたまたまテイムされただけで、俺にしたがってるわけじゃないし……。

そんなことを考えていると、レガル国の王……オルギス様は、鋭《するど》い視線を送ってきた。

「これならば、『邪《じゃ》』が攻《せ》めてきたところで安心ですな？」

「え？　いえ、その……オーマさんは『邪』との戦闘《せんとう》に協力してくれないと思いますが……」

「へ？」

俺の言葉に、オルギス様だけでなく、ロイルさんやライラ様は固まった。

それどころか、レクシアさんたちも驚いている。

「そ、それはどういうことだ⁉　つまり、そちらの伝説の竜……オーマ様は、手を貸してくれんのか⁉」

「えっと……」

オルギス様の剣幕《けんまく》にたじろいでいると、オーマさんは鼻で笑い、口を開いた。

『フン。人間風情が図々《ずうずう》しいな。我には【聖】も【邪】も興味がない。勝手に貴様らで対処すればいい』

「と、言うわけでして……」

「そんな……」

オルギス様は心の底から残念そうにそう呟くと、力なく腰《こし》を下ろした。

まあ気持ちは分かるが、オーマさんに関係ないというのもまた事実なのだ。

だって、オーマさんがその気になれば『聖』も『邪』も関係なく滅《ほろ》ぼすことができるらしいけど、オーマさん自身が攻撃《こうげき》されているわけではないのだ。

それに、オーマさんからすれば、人間の存続自体に興味もないだろうしね。

となると、完全に人間の都合なので、それにオーマさんを巻き込むのも変だろう。

まあ正直、助けてくれると嬉《うれ》しいが、それが嫌だというのなら、強制はできない。

オルギス様たちが予想以上に暗い雰囲気《ふんいき》になっていると、レクシアさんがとうとう我慢《がまん》できずに発言した。

「さっきからおとぎ話みたいな話をしてるけど、『邪』が攻めてくるってどういうこと？」

「……そうか。我々は『剣聖《けんせい》』殿《どの》から聞いていたから、ある程度知ってはいるが……レクシア殿たちはまだ知らないのだな」

オルギス様はそう言うと、静かに語る。

「今、世界は危機に瀕《ひん》している。おとぎ話の中だけだと思っていた、『邪』の存在によってな……」

「『邪』？」

「ああ。『聖』と『邪』の話は聞いたことがあるか？」

「ええ、まあ……」

「私も、伝承としてなら聞いたことがある。人間の負の側面が集まり、形を得た『邪』と、それらから人類を守護する存在である『聖』は、戦い続けてきたと……」

「護衛殿の言う通りだ。そして、それらはおとぎ話ではなく、実際にあった話なのだ」

「そんな……」

「そして、『剣聖』殿から聞いた話では、『邪』が再び動きを活発化させており、我々人類に攻撃を仕掛《しか》けようとしているようなのだ」

「肯定《こうてい》。その話は本当」

『ああ、そうだな。我が起きたのも、腹が減ったのと、【聖】と【邪】の連中の臭《にお》いがキツかったせいでもあるからな』

ユティだけでなく、オーマさんにまでそう言われてしまえば、レクシアさんたちは信じるほかなかった。

すると、ユティがあまりにも自信をもって言い切ったのに対し、不思議に思ったオルギス様が首を捻った。

「その……ユティと言ったか？　お主はかなり自信たっぷりに言い切ったは、何か根拠《こんきょ》が？」

「愚問《ぐもん》。私、『弓聖《きゅうせい》』の弟子《でし》。だから、知ってる」

「何と！」

「あ、俺も『蹴聖《しゅうせい》』の弟子です」

「「ええええええ!?」」

ついでにそう告げると、オルギス様だけでなく、ロイルさんとライラ様まで驚《おどろ》きの声を上げた。

「で、伝説の竜《りゅう》を従えるだけでなく、『聖』の弟子だというのか……」

「と、とんでもない御仁ですな……」

「……」

全員俺のことを見つめてくる中、レクシアさんだけ、何故か胸を張っていた。

「そうよ！　ユウヤ様はすごいんだから！」

「いや、何故《なぜ》お前が威張《いば》る？」

「そりゃあ妻だからよ！」

「違《ちが》うだろう⁉」

婚約者《こんやく》から妻に昇格《しょうかく》しただと⁉

あまりにも自由なレクシアさんに、俺はただ驚くことしかできなかった。

「なるほど……ここまでの御仁ならば、ユウヤ殿が『剣聖』殿に負けないというのも頷《うなず》けるな」

「でしょう？」

「だが、『剣聖』殿も化け物だぞ？　……まあユウヤ殿は『蹴聖』の弟子だと言うし、『聖』の実力は言わずとも分かると思うが……」

「あはは……」

ウサギ師匠《ししょう》は本当に強いですからね！

それこそ、最近ちょっとだけ扱えるようになった『邪』の力を使わないと、まともに戦えないんだから。

まあ、『邪』の力を使うと、強制的に『聖』であるウサギ師匠のステータスも解放されて倍になっちゃうんだけど。

だが、そんな『聖』相手でも『邪』の力を使えばまともに戦えてしまうというのは、それだけ『邪』の力が強力だというわけだ。

『拳聖《けんせい》』の襲撃《しゅうげき》以来、何故か眠《ねむ》っていることが多くなったクロを思い出しつつ、改めて『邪』の危険さを認識《にんしき》した。

「まあいい。そういう難しい話もしたいところだが、今日は我が国の建国祭だ。そういったことは忘れ、今日だけは楽しもう」

「は、はい」

「おお、そうだ。ここから今から行われる闘技《とうぎ》大会もよく見えるが、ここで見ていくか？」

「そうね、そうさせてもらうわ」

オルギス様の提案にレクシアさんが頷いたため、俺たちはこの特等席で見ることに。

この部屋は、闘技場の高い位置にあり、闘技場全体を見下ろせるため、戦闘もよく見えるだろう。

すると、レクシアさんが俺の腕《うで》を引く。

「ユウヤ様、一緒《いっしょ》に見ましょう！」

「え？　あ、そうですね」

腕を引かれながらレクシアさんの隣《となり》に座ると、その反対側にレガル国の王女であるライラ様が腰を下ろした。

「ユウヤ様。わたくしも、隣に座ってもよろしいでしょうか？」

「え？　ええ、大丈夫《だいじょうぶ》ですけど……」

俺はふと周囲を見回すも、この特別な部屋の席はまだ空いている。

それどころか、この国の王様であるオルギス様の隣だって空いているのだが、ライラ様は俺たちと一緒に見てもいいのだろうか？

あ、むしろ、こういうイベントの開催国《かいさいこく》だからこそ、他国の王女であるレクシアさんたちをもてなす必要があるのか。

「むむ……」

ライラ様の行動に納得《なっとく》していると、不意に隣のレクシアさんからそんな唸《うな》り声が聞こえてきた。

「？　レクシアさん、どうしました？」

「……いえ、別に」

「はあ……？」

どう見ても別にって感じじゃないが……触《ふ》れないほうがいい気がする。

そんなレクシアさんとは対照的に、ライラ様はにっこりと微笑《ほほえ》み、俺の手に自分の手を重ねてきた⁉

「ら、ライラ様⁉」

「あら、様だなんてよそよそしいですわ。気軽にライラとお呼びください」

「い、いえ、そういうわけには……」

「そ、そうよ！　何どさくさに紛《まぎ》れて手を握《にぎ》ってるのよ！　ユウヤ様は私の婚約者なのよ⁉」

「えっと、それは語弊《ごへい》があるんですけど……」

ライラ様の行動にレクシアさんが慌《あわ》てた様子でそう言うも、ライラ様は悠然《ゆうぜん》と微笑むだけだった。

「ですが、ユウヤ様はそうではないとおっしゃってますわよ？　レクシア様の勘違《かんちが》いではなくて？」

「か、勘違いじゃないわ！　本当よ！　私の中ではねっ！」

「それは本当とは言いませんけど……」

「と、とにかく！　私とユウヤ様の邪魔《じゃま》をしないでちょうだい！」

そんなレクシアさんの言葉に、ライラ様も苦笑いへと変わった。

「魔法《まほう》研究が盛《さか》んなレガル国の王族であるわたくしならば、今から行われる闘技大会で使われる魔法の解説は、誰《だれ》よりも詳《くわ》しくできると思いますわよ？」

「う、そ、それは……」

レクシアさんはライラ様の言葉に思わず口を閉じた。

確かに、このレガル国は魔法大国だって聞いていたし、その王族であるライラ様なら、俺の知らない魔法なんかも解説してくれるのだろう。

魔法を使うこと自体は、賢者《けんじゃ》さんの魔力《まりょく》回路や魔法理論のおかげで問題ないが、他《ほか》の一般的《いっぱん》に知られている魔法は何も知らないからな。解説してもらえるのはありがたい。

「では、お言葉に甘えてもいいでしょうか？」

「ええ、もちろんですわ」

「むぐぐ……！」

俺がライラ様に改めてお願いすると、ライラ様は笑《え》みを浮《う》かべ、レクシアさんは悔《くや》しそうな表情を浮かべるのだった。その……すみません。魔法が気になったので……。

レクシアさんの様子に内心で謝罪しながら、俺はあることを思い出した。

「そういえば、『剣聖』さんはどちらに？」

この闘技大会の後に、御前《ごぜん》試合があるそうなので、その相手となる『剣聖』のことを訊《き》くと、少し離《はな》れた位置に座っていたオルギス様は笑みを浮かべた。

「ああ、『剣聖』殿は御前試合までは貴賓《きひん》室で待機していただいている。御前試合が始まる前に、ユウヤ殿と『剣聖』殿は係の者に呼ばれるだろうから、その者たちについていってもらいたい」

「分かりました」

「うむ。――では、そろそろ始めるとするか」

オルギス様はそう言うと、ゆっくり立ち上がり、そのまま観客全員が見える位置に立った。

すると、オルギス様の目の前に、マイクのようなものが置かれる。

そして、そのマイクらしきものに向かって、口を開いた。

その瞬間《しゅんかん》、オルギス様の声は闘技場全体に響《ひび》き、盛り上がっていた観客は全員オルギス様の言葉を聴《き》くために黙《だま》る。

どういう原理かは分からないが、マイクと同じ用途《ようと》の魔《ま》道具なのだろう。

思わず魔道具に視線を奪《うば》われ、どのような魔法が使われているのか考えていると、いつの間にかオルギス様の開幕の演説が終わり、観客たちが大きく盛り上がっていた。しまった……ちゃんと話を聞いてなかった……。

申し訳ないと思いながら闘技場に視線を移すと、さっそく最初の対戦が行われるようで、屈強《くっきょう》な男と、ローブ姿のスラリとした男性が闘技場に登場した。

見た目的にも対極的な二人だが、魔法使《まほうつか》いと戦士だろうか？

いざ対戦がスタートすると、その見た目通り、屈強な男は大剣《たいけん》を振《ふ》りかぶり、ローブ姿の男性に突撃《とつげき》した。

だが、ローブ姿の男性はその攻撃《こうげき》から距離《きょり》を保ちながら、何かを詠唱《えいしょう》し、手のひらを屈強な男に向ける。

すると、手のひらから炎《ほのお》の球が、屈強な男を目掛《めが》けて射出された。

何気に他の人が魔法を使っている姿というものを見る機会は少なかったため、他人の魔法を撃《う》つ姿がとても新鮮《しんせん》に見える。

「あれは火属性魔法の【ファイアー・ボール】ですわ。普通《ふつう》の魔術師《まじゅつし》であれば、あの威力《いりょく》の魔法を唱えるのにも二節ほど詠唱が必要になりますけど、あの魔術師はそれを短縮できるだけの腕があるようですわね」

「ほ、ほー……」

せっかくライラ様が解説してくれたのだが、そのすごさがいまいち俺には伝わらなかった。

もちろん、【大魔境《だいまきょう》】の魔物《まもの》は魔法を使ってくるが、こんな風に詠唱したりしない。

それに、賢者さんの本にも書いてあったが、一般的には詠唱しながら魔法を撃つんだな。

ライラ様の解説通りなら、あの威力の魔法を放つのにはもう少し長い詠唱が必要みたいだけど、賢者さんの知識がある俺には、何とも言えなかった。

しかも、よく見ているとローブ姿の男性は炎しか使っていないため、属性という縛《しば》りもあるように見える。

賢者さんの本では、詠唱も必要なければ属性も関係なく、イメージが重要になるとのことだったので、やはりこの賢者さんの考え方は、他の人からすると異質なのだろう。

新鮮な気持ちで戦いを見ていると、最終的に戦士の男性が魔法使いの男性を追い詰《つ》め、そのまま押し切る形で勝った。

最近はユティと修行《しゅぎょう》することが多くなったから、対人戦も少しずつ経験を積んでいってるけど、それでもまだまだ足りないため、こうして他人の戦闘《せんとう》を見ることができるのは勉強になる。

まあ闘技場という限られた空間での戦闘なので、すべてに応用ができるわけじゃないだろうけど、それでも貴重な経験だ。

それからどんどん試合が進んでいくにつれ、勝ち残った人同士の戦いになるため、試合のレベルも上がっていった。

決勝戦は、剣士《けんし》対剣士で、激しい剣戟《けんげき》が繰《く》り広げられた。

戦う様子をしっかりと見つめ、俺はその動きを少しでも自分のモノにしようと集中する。

これまでは、一定レベル以上の強い人たちの動きはそう簡単に見て学んだり、技《わざ》を盗《ぬす》んだりすることができなかった。

だが、何故《なぜ》か今の俺は、目の前で繰り広げられる闘技大会で激戦を繰り広げている剣士や魔法使いたちの動きを完璧《かんぺき》に自分のモノにできている自信があった。な、何だ？　この感覚……。

今まで感じたことのない感覚に戸惑《とまど》っていると、ついに勝負の決着がついた。

すると、部屋の扉《とびら》がノックされ、中に係の人が入ってくる。

「失礼します。『剣聖』様の対戦相手をお呼びしに来たのですが……」

「……」

「？　ユウヤ？」

「え？　あ、ああ、何？」

「招集。ユウヤ、呼んでる」

「あ、もう俺の番か……」

「……大丈夫？」

俺が放心していたことで、ユティは心配そうに俺の顔を覗《のぞ》き込んできた。

「いや、大丈夫だよ。ただ、さっきの試合を見て、予想以上に自分の力になりそうだったから、びっくりして……」

「……理解。あの時の弊害《へいがい》？　恩恵《おんけい》？」

「あの時？」

よく分からないが、ユティにそれを訊いている時間はない。

俺がすぐに係の人についていこうとすると、レクシアさんたちが応援《おうえん》の言葉をかけてくれた。

「ユウヤ様だったら絶対に勝てます！　頑張《がんば》ってください！」

「お前の力を見せてこい」

「わふ！」

「ぶひ～」

『フン。精々、足掻《あが》くんだな』

オーマさんは応援してくれているのかは分からないが、ひとまず皆《みんな》にみっともないところを見せないように頑張ろう。

そう決意し、係の人についていく。

「では、こちらの控室《ひかえしつ》でお待ちください」

案内された控室に入ると、中にはウサギ師匠《ししょう》の姿が。

「あ、ウサギ師匠！」

《いよいよだな》

ウサギ師匠は俺を見ると、ニヤリと笑う。

「ええ、まあ……っていうか、『剣聖』のところに向かったって聞いてましたけど、何しに行ってたんですか？」

《ちょっとした情報交換《こうかん》と、お前のすごさを語ってきた。よかったな？　本気の『剣聖』と戦えるぞ？》

「何してくれてるんですか⁉」

俺、『剣聖』さんに本気で来られたら5秒も保《も》つ自信ないんですけど⁉

唖然《あぜん》とする俺に対し、ウサギ師匠は厳しい視線を向ける。

《何を言っている？　相手が本気でなければ修行にならんだろうが》

「う、それはそうかもしれないですけど……」

《それと、戦うからには無様な姿は見せるなよ？　お前が負ければ、師匠である俺の質が問われる》

「無茶言いますねぇ⁉」

相手は本気で来る上に負けるなって不可能じゃない？　どうするの？　そうだ、そうに違《ちが》いない！　そう思わせてください……！

い、いや、これもウサギ師匠なりの激励《げきれい》なんだ！　そうだ、そうに違《ちが》いない！　そう思わせてください……！

どこまで本気か分からないが、それを訊くと本気で勝てって言われそうなので、俺は黙る。

思わず冷《ひ》や汗《あせ》を流していると、俺はふとあることに気づいた。

「そ、そういえば、ウサギ師匠は最初からここにいましたけど……案内してもらったんですか？」

《いや？　勝手に入った》

「自由ですね⁉」

そんな気はしてましたけども！

ウサギ師匠の自由さに呆《あき》れるばかりだが、俺はふと今感じている『目』の違和感《いわかん》についてウサギ師匠に訊いてみることにした。

「あの、師匠。『拳聖《けんせい》』を撃退《げきたい》してから、妙《みょう》に目がよくなったというか、色々動きが見えると言いますか、見たものをそのまま吸収できそうと言いますか……」

《……何？》

ウサギ師匠は俺の言葉に怪訝《けげん》そうな表情を浮《う》かべると、一人で考え込む。

《……もしかして……たしかにあの時も……？》

「あの、ウサギ師匠？」

一人で考え始めてしまったウサギ師匠に声をかけようとすると、再び係の人が呼びに来てしまった。

「失礼します。今から……え、ウサギ？」

俺を呼びに来た係の人が、部屋にいるウサギ師匠を見て首を傾《かし》げたため、俺は慌《あわ》てて口を開いた。

「ああ、気にしないでください！　それより、もう行けばいいですか？」

「え？　あ、はい。それでは案内いたしますね」

「それじゃあ、ウサギ師匠。行ってきますね」

《ああ、行ってこい》

ウサギ師匠に見送られ、闘技場《とうぎ》の入場口まで移動する。

その際、いつでも戦えるように、【血戦鬼《けつせんき》シリーズ】に着替《きか》え、準備万端《ばんたん》にしておいた。

ただ、兜《かぶと》は今から『剣聖《けんせい》』と初めて会うため、顔が分かるように外している。

しばらく待機していると、オルギス様の声が聞こえてきた。

どうやら御前《ごぜん》試合に関する説明をしているようだが……や、ヤバい。緊張《きんちょう》してきた……！

だが、残念なことに時間は待ってくれず、いつの間にかオルギス様の演説も終わったようで、入場口を潜《くぐ》り抜《ぬ》けた。

すると、一斉《いっせい》に上がる歓声《かんせい》を前に、俺は思わずたじろぐ。

こ、ここまですごいなんて……！

観客席にいたときは、俺も観客の一員という意識が強かったからか、特に観客の人数は気にならなかったのだが、いざその観客の前に立つと、気圧《けお》されるほどの歓声に後ずさりしそうになる。

しかし、ここで逃《に》げるわけにはいかないため、俺はぐっと腹に力を入れ、何とか踏《ふ》みとどまった。

「――――アナタが、ウサギの弟子《でし》なのね？」

「え？」

観客の大歓声《だいかんせい》の中、俺の耳に女性の声が届いた。

その声の方に視線を向けると、俺とは反対側の入り口から、一人の女性が静かに目を閉じたまま、入場してきた。

その女性は戦いなんかとは無縁《むえん》そうな上品な立ち振る舞《ふま》いで、貴族だと言われても納得《なっとく》してしまいそうだった。

だが、その腰《こし》に差してある剣《けん》と、何より圧倒《あっとう》されるその気配に、目の前の女性が俺の対戦相手である『剣聖』なのだと、否《いや》でも理解させられた。

「あ、貴女《あなた》が、『剣聖』ですか……⁉」

ええええええ⁉　う、ウソだろ⁉　こう、『聖』の中でも最強だって聞いてたから、もっと厳《いか》つくて怖《こわ》い人だと思ってたのに、全然想像と違う！

「ええ、そうよ。私が『剣聖』イリス。貴方《あなた》を――⁉」

冷や汗を流しながらそう訊《き》く俺に対し、目の前の女性――イリスさんはゆっくり目を開いたかと思えば、そのまま俺の顔を見て驚《おどろ》いた様子で固まった。

「え……ちょ……え？」

「あ、あの……何か？」

予想外の反応に思わずそう訊くと、イリスさんはハッとした様子で両手を両頬《ほお》にあて、急にしゃがみこんだ。

「こ、この胸の高まりは何……？　も、もしかして……これが恋心《こいごころ》⁉」

「あ、あのぉ……？」

「ハッ!? な、何でもないわ。私は、自分より強い男にしか興味がないのよ」

「は、はあ……？　そ、そうなんですね？」

な、何なんだろうか、一体……。

ますますワケが分からず首を捻《ひね》ると、イリスさんは咳払《せきばら》いをする。

「んん！　それで、アナタは？」

「あ、俺は『蹴聖《しゅうせい》』の弟子、ユウヤ・テンジョウです」

「ふ、ふーん……ユウヤ君ね……ち、ちなみに年齢《ねんれい》は？」

「へ？　えっと、16歳ですけど……」

「くっ！　約10歳差……い、いいえ！　年の差なんて最近じゃ珍《めずら》しくもないわ！　というより、羨《うらや》ましがられるわね！」

さっきからこの人は何の話をしているのだろう。よく分からないが、さっきから寒気がするんだよな……。

思わず体を震《ふる》わせていると、先ほどまで妙なテンションだったイリスさんは、急に鋭《するど》い視線を俺に送った。

「まあでも……実力がないと、話にならないわよ」

「！　……もちろん、全力で挑《いど》ませてもらいます」

俺は【全剣《ぜんけん》】を取り出すと、静かに構えた。

「いいわ、来なさい」

イリスさんのその言葉を最後に、ついに試合開始の合図が出されると、俺は全力で踏み込み、イリスさんに斬《き》りかかった。

だが……。

「それじゃあ届かないわよ」

「⁉」

キィィイイン！

なんと、俺の攻撃《こうげき》はイリスさんに届く前に、澄《す》んだ金属音と共に弾《はじ》かれた！

だが、その際、イリスさんの腕《うで》が一瞬《いっしゅん》ぶれたことに気づく。

「まさか……あの一瞬で剣を振《ふ》ったのか⁉」

「へえ？　よく見えたわね。だいたいはそれすら分からずに終わるんだけど……」

面白《おもしろ》そうに笑うイリスさんに対し、俺は冷や汗が止まらない。

いやいやいや、とんでもなさすぎるだろ⁉　ほとんど認識《にんしき》できないような速度で振るわれる剣ってどう対処すればいいんだよ⁉

しかも、今のイリスさんの様子を見てみると、剣はちゃんと鞘《さや》に収まっているのだ。とても一瞬で行えるような動きではない。

するとと、唖然とする俺に対し、イリスさんは挑発的《ちょうはつ》な笑《え》みを浮かべた。

「もしかして、今ので終わりだなんて言わないわよね？」

もちろん、今ので終わりとは言わないが、それでも素《す》の俺の全力だったことに変わりはない。

だが、イリスさんはその攻撃をいとも簡単に防いだのだ。しかも、俺と同じ特に魔法《まほう》などで強化された様子もない、素の状態で。

……分かってはいたけど、ここまで差が大きいと苦笑いしか浮かばないなぁ。

そんな俺に対し、イリスさんは怪訝そうな表情を浮かべる。

「ふぅん？　あまり焦《あせ》ってるようには見えないわね？」

「いえ、そんな……むしろ焦りすぎて、逆に冷静になったくらいですよ」

「なるほどね。それじゃあ降参する？」

「そんなまさか……！」

俺の力が通用しないのなんて分かりきってたことなのだ。なら、やれるだけやるしかない。

俺は再び駆《か》け出すと、一度【全剣】を収納し、【アイテムボックス】から新たに【絶槍《ぜっそう》】

を取り出した。

「！　槍《やり》？」

「ハアッ！」

首を傾げるイリスさん目掛《めが》けて、俺は【絶槍】を本気で投げる。

だが、またも澄んだ金属音と共に、【絶槍】は簡単に弾かれた。

「何をするかと思えば……そんな攻撃――――」

「フッ！」

「なっ⁉」

俺は【絶槍】を投げた直後に、すでに新たな武器――【無弓《むきゆう》】を手にしており、見えない矢を大量に撃《う》つ。

「？　ッ⁉」

イリスさんは一瞬俺が何をしているのか分かっていないようだったが、俺の放った見えない矢を感覚的に察したらしく、再び金属音が鳴り、俺の矢はすべて弾き落とされる。

「……驚いたわ。私のは目で追えない速度の斬撃《ざんげき》だけど、まさか本当に見えない矢が――――」

「ハッ！」

「ま、まだあるの⁉」

イリスさんが何かしゃべっていたようだが、俺がイリスさんとまともに戦うには、イリスさんから攻撃させる暇《ひま》もなく、俺が一方的に飽和《ほうわ》攻撃をするしかないため、無我夢中で攻撃を続ける。

それでもまだ、とても目で追えない速度の剣捌《けんさば》きで俺の攻撃は処理されてしまうのだが、そこに追加で再び手元に飛んで帰ってきた【絶槍】を、ウサギ師匠《ししょう》直伝の蹴《け》りで、イリスさん目掛けて再度射出した。

途切《とぎ》れることのない矢の弾幕《だんまく》に、突然《とつぜん》割り込んできた強烈《きょうれつ》な槍を見て、イリスさんは目を丸くする。

「ちょ、ウソでしょ⁉」

先ほど投げた時以上に強烈な威力《いりょく》となっている【絶槍】は、さすがのイリスさんも簡単に弾くことができないようで、模擬《もぎ》戦が始まって、初めてまともに剣で受けているところを目にすることができた。

「くっ……このッ……！」

それでも弾き返すイリスさんだが……その一瞬の隙《すき》を、俺は待っていたのだ。

「はあああああっ！」

「へ？　ちょ……その大槌《おおつち》、何か見るからにヤバそうなんだけど!?」

そう、俺は【世界打ち】をぶつけるための用意をしていたのだ。

この武器は、他《ほか》の武器と違《ちが》って隙が大きいため、中々当てることができない。

ただ、当てられさえすれば、どんな相手でも倒《たお》せてしまうような威力なのだ。なんせ、世界と同等の質量が襲《おそ》い掛かるわけだし。

しかも、確実性を上げるため、ここで初めて【魔装《まそう》】も展開する。

すると、俺の体中から青白い光が迸《ほとばし》り、まるで稲妻《いなずま》のように弾けた。

そんな俺の姿に、イリスさんは目を見開く。

「……今度は何……!?」

これで、正真正銘《しょうしんしょうめい》、俺の全力だ。

だが――――。

「ッ――――！」

「ッ!?」

イリスさんは鋭い表情で俺の【世界打ち】を見つめると、イリスさんの剣と【世界打ち】がぶつかる直前に、まるでその衝撃《しょうげき》すべてを受け流すように剣で動きを誘導《ゆうどう》し、そのまま【世界打ち】は何もないところを薙《な》ぎ払《はら》った。

　だが、さすがのイリスさんもこの攻撃を受け流すのは容易ではなかったようで、空ぶった俺の隙を追撃《ついげき》する余裕《よゆう》がないみたいだ。

「こんな……攻撃……ウソでしょ……」

　顔を歪《ゆが》ませ、手を見つめるイリスさん。

　よく見ると、微《かす》かに手が震えており、もしかしたら痺《しび》れたのかもしれない。いや、世界と同等の質量を受け流して痺れるだけで済むってのもどうかと思うけど。

　とはいえ、俺の中での最強の攻撃が防がれてしまったことで、これから先もうこの手は通用しないだろう。初見だからこそ、隙をついて放つことができたわけだが、今度はその隙すら無いはずだ。

　冷《ひ》や汗《あせ》を流す俺に対し、イリスさんは真剣《しんけん》な表情を浮《う》かべる。

「油断していたわけじゃないけど……予想外すぎたわ。アナタ、何者なの？」

「何者って言われましても……」

「まあいいわ。でもこれで、さっきの攻撃がもう通用しないのは理解してるわよね？

……どうするつもりかしら？」

【魔装】で強化された状態の【世界打ち】も防がれた今、俺にできることはほぼない。

　必死に考える俺に対し、イリスさんは急に笑みを浮かべた。

「フッ……まあ、今まではユウヤ君が攻めてたわけだし、今度は私が攻《せ》めるわよ？」

「⁉」

その瞬間《しゅんかん》、【魔装】で強化された動体視力と思考速度が、イリスさんの動きをギリギリ捉《とら》えることに成功した。

そして反射的に【全剣】を取り出して防御《ぼうぎょ》の姿勢をとると、すさまじい衝撃が手に伝わる。

「あら、まさか初撃を防がれるとは思わなかったわ。でも、まともに受けると手が持たないわよ？」

「くっ！」

イリスさんの言う通り、たった今の一撃《いちげき》で、俺の腕は痺れているのだ。イリスさんのように衝撃を受け流さなければ、すぐにやられてしまうだろう。

ただ……。

「まあ、受け流す暇なんて与《あた》えないけどね」

「ッ！」

怒濤《どとう》の剣戟《けんげき》に、俺はただ圧倒《あっとう》された。

何とか【魔装】によって身体能力や動体視力が強化されたことでギリギリ防げているが、

素の状態だったら最初の一撃でやられていた。

「驚《おどろ》いた……これも防ぐのね。貴方《あなた》、本当にウサギの弟子《でし》？」

「そう、ですよ……！」

「……これで剣を学んでいたと考えると、末恐《すえおそ》ろしい才能ね。でも残念だけど、このまま押し切らせてもらうわよ」

「くっ⁉」

なんと、イリスさんの攻撃速度は徐々《じょじょ》に上がり、もはや強化された俺の動体視力でも追うことができなくなった。

だが……。

「？」

イリスさんが、ある違和感《いわかん》に気づき、首を傾《かし》げる。

その違和感に遅《おく》れて俺も気づいた。

「（あれ……？　なんで目で追えてないのに、反応できてるんだ……？）」

そう、イリスさんは俺には到底《とうてい》対処できない速度で剣を振るっているのに、なぜか俺はその攻撃《こうげき》を防ぎきっていた。

イリスさんは首を傾げながら、押し切るためにもっと速度を上げるが、やはり俺の体は反応し、防ぐ。

さすがのこの状況《じょうきょう》に、イリスさんは目を丸くした。

「ウソでしょ⁉　まだ反応できるの⁉」

俺はもはや目で追うことを諦《あきら》め、何故《なぜ》か反応する体に任せていたのだが、イリスさんが驚くほどにまで反応できてしまっているようだった。な、何なんだ？

当の本人である俺が、なんでここまで体が反応できているのか分からないため、俺まで困惑《こんわく》してしまう。

まるで俺の体が、この次元の戦闘《せんとう》を体験したことがあるかのように……。

俺がすべての攻撃を捌《さば》くため、イリスさんは一度距離《きょり》をとった。

「ハァ……ハァ……」

「……変ね。どう見ても私の動きについてこれていないのに、何故か反応している……一体何をしたのかしら？」

「お、俺にもさっぱり……」

「ま、そう簡単に教えてはもらえないわよね。でも、これは凌《しの》げるかしら……！」

イリスさんはそう言うと、最初の踏《ふ》み込み以上に強く一歩を踏み出した。

それだけで地面がひび割れ、闘技場《とうぎ》全体を揺《ゆ》らした。

そして――――。

速く、目で追うことのできない斬撃であるのに変わりはないが、そこに込《こ》められた力が違った。

「【一刀閃《いっとうせん》】ッ！」

先ほどは、速度と連撃性が重視されていたが、今俺に放たれた一撃は、威力重視の重い一撃だった。

これは、先ほどのように反応できたとしても、まともに受ければそれで終わりだろう。

この攻撃を凌ぐには、先ほどのイリスさんが【世界打ち】の衝撃を受け流したように、俺も衝撃を受け流さなければ、このまま斬《き》り捨てられる。

とはいえ、そんな技術は俺にはない……。だが――――。

「⁉」

イリスさんの剣を【全剣《ぜんけん》】で受けた瞬間、俺は体を回転させながら衝撃を受け流しつつ、イリスさんへと迫《せま》った。

「くっ！」

イリスさんは全力で剣を振《ふ》り下ろしていたにもかかわらず、それを感じさせない速度で剣を引き戻《もど》し、急接近した俺の攻撃を防ぐと、俺をそのまま押し飛ばした。

「貴方、本当にウサギの弟子？　どう見ても弟子じゃなくて『聖』クラス……いや、それ以上じゃない！」

そう零《こぼ》しながら汗を流すイリスさん。

何故か、イリスさんの攻撃を見たとき、俺はその攻撃を受け流せると本能的に察することができた。

そのため、俺の攻撃を受け流したイリスさんの動きをそのまま再現して、受け流すだけでなく、反撃《はんげき》にまで転じることができた。

ただ……。

「今のは完全に決まったと思ったのに……」

自分でも驚くほど綺麗《きれい》に反撃できたと思ったのだが、結果として防がれてしまった。

そりゃ未《いま》だにウサギ師匠《ししょう》相手には勝てないんだし、『剣聖《けんせい》』のイリスさんに攻撃が通用しないのも当然なのだが、こうも簡単に防がれると自信を失《な》くしそうだ。

そんなウサギ師匠に対抗《たいこう》するには、『邪《じゃ》』の力を解放しなきゃいけないんだが……果たして解放してもいいんだろうか？

一応、極《ご》わずかの間であれば、『邪』の力も制御《せいぎょ》できるようになったのだが、それ以上に、『邪』の力を解放することで、イリスさんが俺のことを本物の『邪』だと勘違《かんちが》いしてしまうんじゃないかということの方が怖《こわ》いのだ。

ウサギ師匠がどこまで俺のことを教えているかは分からないけど、『邪』の力に関しては伝えていないはずだ。ウサギ師匠自体が俺のことを『聖』に見せるのは気を付けるって言ってたくらいだし。

となると、『邪』の力なしでイリスさんに勝たなきゃいけなくなるわけだが……え、もう無理じゃない？

どう考えても詰《つ》んでいる状況に呆然《ぼうぜん》としていると、今まで俺の中で眠《ねむ》っていたクロが、大欠伸《おおあくび》をしながら目を覚ました。

『ふわぁ……よく寝《ね》たぜ。って、ああ……？　なんでお前、【剣聖】と戦ってんだ？』

「ごめん、クロ。ゆっくり説明してる暇《ひま》はないから簡潔に言うけど、成り行きでこうなった！」

『どんな成り行きなら【剣聖】と戦うことになるんだよ……。お前、どんどん本物の【邪】っぽくなってないか？』

「物騒《ぶっそう》なこと言わないでほしいなぁ！」

俺だってできれば平和に過ごしたいんですよ！　でも、その『邪』とかが攻めてきたりするから、安全に過ごすために力を手に入れなきゃいけないわけで。今の状況も、『邪』に対抗する力を得るための修行《しゅぎょう》なのだ。

久しぶりのクロの登場についつい口に出してツッコんでしまうと、クロのことを知らないイリスさんは不思議そうに首を傾げた。

「いったい、誰《だれ》と話しているのかしら？」

「え？　あ、いや、これは……」

「……まあいいわ。貴方の手札も尽《つ》きたみたいだし、そろそろ終わりにしましょうか」

イリスさんはそう言うと、すさまじい気迫《きはく》を向けてくる。

くっ……今までのイリスさんは魔法《まほう》などで強化とかしてない状態であの動きだったのだが、今度は何かしらの方法で体を強化したみたいだ。明らかにさっきより感じる圧力が強まっている。

その圧力に、俺は思わず吹《ふ》き飛《と》ばされそうになるのを堪《こら》えていると、クロが爆笑《ばくしょう》した。

『アハハハハ！　おいおい、やられそうじゃねぇか！　【拳聖《けんせい》】を倒《たお》した時のお前はどうした？』

「だ、だから、その時のことは覚えてないんだよ！」

『ま、そうだろうな。あの時のお前は正気じゃねぇというか、完全に【邪】そのものと化してたからな。なら、負けるしかねぇんじゃねぇか？』

「う……絶対にウサギ師匠に怒《おこ》られる……」

思わずその状況を思い浮《う》かべ、顔を青くすると、イリスさんは静かに剣を構えた。

「最後は、正真正銘《しょうしんしょうめい》、本気の一撃で仕留めてあげるわ」

「し、仕留めるって……」

『こりゃ死んだな』

「死にたくない！」

これ、模擬《もぎ》戦みたいなものだよね!? 闘技大会も誰か死んだり、大怪我とかはしてなかったからね!?

ますます震《ふる》える俺に対し、イリスさんはこの戦闘を楽しんでいるかのように、笑《え》みを浮かべた。

「私も、久しぶりに楽しく戦えたわ……まあ欲《よく》を言えば、私より強ければなおよかったんだけどね」

「へ？」

「――――【天聖斬《てんせいざん》】！」

イリスさんは大きく踏み込むと、一瞬《いっしゅん》で俺の目の前に移動する。

その速度は、本当に瞬間移動したんじゃないかと思うほど一瞬で、目の前に現れるまで、移動したことすら気づかなかった。

そして、そのまま振り上げた剣《けん》を俺に振り下ろそうとしたところで、【魔装《まそう》】で強化された俺の目が、とんでもない速度でイリスさんの背後から迫る黒いナニカに気づいた。

すると、俺だけでなく、クロもそれに気づいたようで、焦《あせ》った様子で叫《さけ》ぶ。

『避《よ》けろ、ユウヤッ！』

「ッ！」

「え⁉」

黒いナニカをイリスさんが認識《にんしき》していないことに気づいた俺は、火事場のバカ力というか、とても避けられそうにもなかったイリスさんの攻撃に対して、目の前に迫るイリスさんの腕《うで》を引き、そのまま抱《だ》き寄せると一緒《いっしょ》に倒れ込んだ。

「にゃ、にゃにゃにゃ、にゃにお⁉」

俺に抱き寄せられたことで、顔を真っ赤にして慌《あわ》てるイリスさん。

だが次の瞬間《しゅんかん》、俺とイリスさんが立っていた位置を、一瞬にして黒いナニカが貫《つらぬ》いた。

「へ？」

「あ、危なかった……」

イリスさんは黒いナニカが貫いた地面を呆然と見つめる。

突然《とつぜん》の場外からの攻撃に、観客がざわつき始めると、上空から声が聞こえてきた。

「――あっちゃー、避けられちゃったかー。まあ、今ので死んじゃったら面白《おもしろ》くないもんね！」

「なっ……！　あの姿……〝死神〟……！　それに、どうしてあいつらが一緒にいるのよ⁉」

イリスさんは上空を見上げると、目を見開く。

俺も空を見上げると、そこには一人の少年と、長槍《ちょうそう》を背負った半裸《はんら》の男性、そして草刈《くさか》り鎌《がま》を二本腰《こし》に差した忍者《にんじゃ》のような男が、悠然《ゆうぜん》と佇《たたず》んでいた。

第六章　襲撃《しゅうげき》

「『槍聖《そうせい》』！　『鎌聖《れんせい》』！」

「えっ⁉」

予想外の言葉に、思わずイリスさんの方に視線を戻すと、上空にいる半裸の男性と、忍《しの》び装束《しょうぞく》の男性は静かに首を振った。

「……残念だが、もはやその称号《しょうごう》は捨てた」

「我らは、『堕聖《だせい》』なり」

「だ、『堕聖』……？」

聞き慣れない言葉に首を捻《ひね》っていると、もう一人の異質な気配を放つ少年が、面白そうに笑った。

「ちょっと～、僕のこと無視するなんて酷《ひど》いなー。それに、残念でした～。もうコイツたちは君らの知ってる『聖』じゃない。僕らに降《くだ》り、新たな力を手にした存在なんだよ」

「降った……？　っ！　まさか⁉」

何かに気づいたイリスさんが驚愕《きょうがく》の表情を浮かべる中、空中の少年は笑みを深める。

「ようやく気付いた？　それじゃあ始めようか～――蹂躙《じゅうりん》を」

少年の目がギラリと光った瞬間、昔のユティや、『拳聖』と対峙《たいじ》した時に見た、漆黒《しっこく》の靄《もや》が少年の体から噴出《ふんしゅつ》された。

すると、遠くの方から大きな破壊《はかい》音が聞こえてくる。

その破壊音は徐々《じょじょ》に近づき、ついに闘技《とうぎ》場にも音の正体が現れた。

「なっ！　コイツは⁉」

「――ギギィィィイイイイイイ！」

その光景に、俺は目を丸くする。

「あ⁉　あれって、この前神社で見た……⁉」

なんと、『邪獣《じゃじゅう》』と呼ばれる存在が、大量に闘技場内へとなだれ込んできたのだ。

突然の襲撃者に、観客たちは悲鳴を上げ、逃《に》げ惑《まど》うも、その観客を『邪獣』は容赦《ようしゃ》なく襲《おそ》う。

「アハハハハ！　悲鳴が心地《ここち》いいねぇ！」

この惨劇《さんげき》を引き起こした張本人であろう少年は、そんな周囲の様子を見て、恍惚《こうこつ》とした表情を浮かべた。

「今すぐやめなさいッ！」

すぐさまイリスさんが空中に浮かぶ少年に向けて、神速の斬撃《ざんげき》を放つも、その斬撃は少年の体から溢《あふ》れ出る黒い闇《やみ》に阻《はば》まれた。

「そう焦らないでさ、せめて自己紹介《しょうかい》くらいさせてよ～」

人を小馬鹿《こばか》にするように笑いながら、少年は慇懃《いんぎん》な態度で一礼をした。

「僕は『邪《じゃ》』の一人、〝死神〟のクアロ。よろしくね～」

「！」

なんと、目の前で笑みを浮かべる少年……クアロは、ウサギ師匠やイリスさん、そしてユティにとって、宿敵でもある『邪』の一人だと語った。

しかし、その身から溢れ出る邪悪《じゃあく》な気配は本物で、イリスさんの態度からも本当にクアロが『邪』であることがうかがえる。

それはともかく、急いでお客さんたちを助けなければと移動しようとした俺の目の前に、先ほどイリスさんから『槍聖』と『鎌聖』と呼ばれた二人の男性が立ちふさがった。

「……悪いが、邪魔《じゃま》してもらっては困る」

「然《しか》り。故《ゆえ》に、貴様にはここで死んでもらう」

「くっ⁉」

「ユウヤ君！」

二人から放たれる凄《すさ》まじい気迫に気圧《けお》されていると、イリスさんが助けようとしてくれるが、そんなイリスさんの目の前にはクアロが立ちふさがった。

「ちょっと～、僕を無視するなんて酷いんじゃない？　君をグチャグチャにするために来たのにさ～。ていうか、逃げたり、仲間を呼んだりしなくていいの～？　まあ、君に選択《せんたく》肢《し》はあげないけどさ～」

「……確かに、状況《じょうきょう》は悪いし、私一人でどうにかなるとも思えないけど、それでも『聖』である私は、戦わなきゃダメなのよ……！」

「ふぅん。じゃあ、かかってくれば？」

「……フッ！」

背後でイリスさんとクアロが戦い始めたのを感じながら、俺は目の前の『堕聖』という二人を相手にどう動くべきか考えていた。

イリスさんの言葉が本当なら、俺は『聖』を二人も相手にしないといけないことになる。

しかも、この状況や『堕聖』という言葉から察するに、『邪』に降ったことで、『邪』の力を身に付けている可能性まであるのだ。

それはつまり、この前戦った『拳聖』クラスの敵を二人同時に相手しなければならないてるのか？

ウサギ師匠《ししょう》でさえ『邪』に堕《お》ちた『拳聖《けんせい》』を倒せなかったのに、素《す》の状態である俺が勝てるのか？

『一難去ってまた一難、だな。お前、本当に厄介《やっかい》ごとを多く抱《かか》えるよな？』

「……好きで抱えてるわけじゃないんだけどね」

クロも起きてることだし、俺は覚えていないが、『拳聖』を倒《たお》した時と同じように『邪』の力をフル活用すれば、倒せるだろう。

だが、まだまだ不安定で制御《せいぎょ》も完璧《かんぺき》じゃないこの力を使えば、今度こそ俺がクアロと同じく『邪』に堕ちて、むしろ俺が『聖』にとっての討伐《とうばつ》対象になってしまうだろう。

でも、こうして悩《なや》んでいる今も『邪獣』が――――。

そう考えた瞬間だった。

「ギギ？　ギィイ!?」

「ギ、ギギギギ！」

「ギギャアアア！」

無数の矢が、『邪獣』を貫くのが目に入った。

この矢は……ユティか！

　さらに、ユティの矢に続き、俺の頼《たよ》れる家族の声も聞こえた。

「グルルル……ウォォオオオン！」

「ぶひ、ぶひ～」

　ナイトが次々と『邪獣』を倒し、怪我《けが》をしたお客さんたちをアカツキが癒《いや》していく。

　そんな光景に、『堕聖』の男たちは目を見開いた。

「……あの子狼《こおおかみ》はなんだ⁉」

「子狼だけではない。あの豚《ぶた》も妙《みょう》な術を使っている……」

　すると、『邪獣』を殲滅《せんめつ》しているナイトが、一瞬《いっしゅん》こちらに視線をよこしたことに気づいた。

『こちらは任せろ』と言っているようで、俺は一つ頷《うなず》いた。

「これで、安心して貴方《あなた》たちと戦える」

「ほう？　異なことを口にするな。我ら二人を相手に、よもや貴様一人で勝てるなどと思ってはいまいな？」

《――だから、二人が相手だ》

「ッ⁉」

「う、ウサギ師匠！」

　俺の横に、どこからともなくウサギ師匠が現れ、目の前の男たちを静かに見据《みす》えた。

《……フン。『聖』のうち、何人かは『邪』に堕ちているとは思ったが……まさか貴様らとはな。『槍聖』ロヌス、『鎌聖』ジンよ》

ウサギ師匠の言葉に、槍《やり》を背負った半裸の男性……おそらく『槍聖』ロヌスと思われる男は、微《かす》かに顔をしかめた。

「……弱者が淘汰《とうた》される。ただその自然の法則に従っただけだ」

《ほう？　その結果が、『邪』の手下になることか。『堕聖』だったか？　ずいぶんとよく言ったものだが、ようは『邪』の奴隷《どれい》だろう？》

「なんとでも言え。我らは『邪』に降ることで、新たな力を手にした。それに淘汰される貴様は、我ら以下の弱者よ」

ロヌスともう一人の『鎌聖』ジンは、それぞれ静かに武器を構えた。

それを見て、ウサギ師匠も臨戦態勢に入りながら、俺に向けて口を開く。

《ユウヤ》

「へ？」

《ひとまずナイトやユティたちには今の状況を軽く説明してある。この国の王も何らかの対策を立てているころだろう。あの小娘《こむすめ》どもの身の安全だが、護衛に連れていた小娘とユティで十分対応できる。だからこそ、今は目の前の連中を倒すことだけに集中しろ》

「は、はい！」

どうやらウサギ師匠が動いてくれたようで、俺の懸念《けねん》が一つ解消された。

ただ、オーマさんがどうしているのか気になるところだが……まあオーマさんはこんな状況でも堂々と寝《ね》てそうだし、心配いらないだろう。ていうか、心配するのもおこがましいほど強いしね。

むしろ心配するべきは俺自身であり、俺はすぐさま【魔装《まそう》】を展開しなおした。

そんな俺の様子を見て、ロヌスは槍を軽く振《ふ》り回し、鼻で笑った。

「……フン。内緒話《ないしょばなし》は終わったか？　なら、こちらから行くぞ……！」

《ユウヤ！　そのロヌスはお前に任せるぞ！》

「はいッ！」

俺はすぐさま【絶槍《ぜっそう》】を取り出すと、ロヌスの槍と打ち合った。

「……ハッ！　この俺を相手に槍で挑《いど》むとは、よほど死にたいらしいな！　ならば、望み通り殺してやる。【旋風穿《せんぷうせん》】！」

ロヌスは槍を引き、そのまま勢いよく突《つ》き出すと、その槍の周囲に旋風《せんぷう》が巻き起こり、地面を削《けず》りながら突き進んでくる。

それを、イリスさんの攻撃《こうげき》を受け流した時の要領で、【絶槍】で綺麗《きれい》に受け流した。

「なっ……受け流すだと!?」

ロヌスが驚《おどろ》いているのは、槍だけでなく、その穂先《ほさき》に集《つど》っていた鋭利《えいり》な旋風すら俺が受け流したからだろう。

俺自身もまさか、風を受け流せるとは思いもしなかったので、密《ひそ》かに驚いている。

「……クッ！　舐《な》めるなぁ！」

すると、そこから怒濤《どとう》の突きをロヌスは放ち、そこら中を穿《うが》つ。

だが、それらをよく見て、俺は一つ一つ丁寧《ていねい》に捌《さば》いていった。

「……何だ、貴様は……！　『聖』ですらない、ただの人間が何故《なぜ》俺の技《わざ》についてこれる……！」

《フン。そいつをそこら辺の人間と同じにするな。なんせ、俺の弟子《でし》なのだからな》

「……ウサギの弟子だとぉ!?」

ウサギ師匠の言葉に、ロヌスは目を見開くと、ジンはその隙《すき》をついてウサギ師匠に襲い掛《か》かる。

「余所見《よそみ》をするとは……いい度胸だな！」

《貴様程度、余所見をしていても勝てる》

「ハッ！　この力を見ても同じことが言えるか!?」

その瞬間《しゅんかん》、ジンの体から黒い靄《もや》があふれ出し、草《くさ》刈り鎌《がま》による強烈《きょうれつ》な一振《ひとふ》りをウサギ師匠に放つ。

だが、その攻撃をウサギ師匠は冷静に見極《みきわ》め、峰《みね》の部分に蹴《け》りを叩《たた》き込むと、その攻撃は大きく逸《そ》れた。

しかし、ジンの手にはもう一本草刈り鎌が握《にぎ》られており、それを振りかざすことで追撃《ついげき》を行う。ウサギ師匠は最初の一撃《いちげき》を逸らした反動でその場から離脱《りだつ》した。

思わずその動きを目で追っていると、ウサギ師匠から叱責《しっせき》が飛んできた。

《ユウヤ！　俺を見てる暇《ひま》があれば、さっさと倒せ！》

「あ⁉　は、はい！」

慌《あわ》てて槍を構え直すと、ロヌスはすさまじい形相で震《ふる》えていた。

「……貴様。ウサギの弟子でありながら、その技を使わずあくまで槍で戦うというのか……」

「え？」

別に槍だけで戦うつもりはなく、ロヌスに蹴りを叩き込む隙が見当たらないのと、【全《ぜん》剣《けん》】より【絶槍】の方が間合いが取りやすいから今は使用しているにすぎないのだが、ロヌスにはそう見えなかったようだ。

「……いいだろう。格の違《ちが》いを見せてやる」

そして、ロヌスの体からも黒い靄が溢《あふ》れ、一気に威圧感《いあつかん》が増す。

その様子に、俺の中にいるクロがおかしそうに笑った。

『おいおい、相手は本気になっちまったが……どうするんだ？　前みたいに【邪《じゃ》】の力を借りるか？』

「……いや」

『ん？』

「ここで『邪』の力を使っても、相手にはまだ本物の『邪』が残ってる。なら、『邪』の力を使う『聖』くらい、『邪』の力に頼らないで倒さないと、この先やっていけない……！」

そんな俺の言葉に対し、クロは一瞬驚《いっしゅんおどろ》いたようだったが、やがて大声をあげて笑った。

『アハハハハ！　いいじゃねぇか！　いやあ、まさか【聖】を相手にそこまで言えるとは……なら、オレは高みの見物でもさせてもらうぜ？』

「分かったよッ！」

クロとの話を切り上げた俺は、一度ロヌスから距離《きょり》をとると、すぐに【無弓《むきゅう》】へと武器を持ち換《か》え、遠距離《えんきょり》からロヌス目掛《めが》けて撃《う》ちまくる。

「……はああああ！」

「マジか……」

なんと、ロヌスが気迫《きはく》のようなものを発した瞬間、ロヌスの体から衝撃波《しょうげきは》のようなものが広がり、俺の撃った矢のすべてが弾《はじ》き落とされた。

「……死ね」

「ッ⁉」

イリスさんの時と同じように、瞬間移動したんじゃないかと思うような速度で俺に迫《せま》ると、そのまま俺の腹を抉《えぐ》り刺《さ》すように槍を突き出した。

「……【昇竜穿《しょうりゅうせん》】！」

その槍の穂先から、竜《りゅう》の幻影《げんえい》が飛び出しているように見え、そのまま俺の腹を食い破ろうとする。

至近距離から放たれたその技に、避《よ》ける術《すべ》のない俺は、【無弓】から【全剣】に持ち換え、真っ向から叩き切る勢いで剣を振り下ろした。

「ぐぅぅぅう⁉」

すさまじい衝撃《しょうげき》が剣を通して体全体に伝わる。

このままでは押し負けると察した俺だったが、ふと体が熱くなるのを感じた。

それはまるで、自分の存在を俺に示すかのような……賢者《けんじゃ》さんから引き継《つ》いだ、魔力《まりょく》回路の熱だった。

「！　はあああああ！」

「何⁉」

俺はロヌスの攻撃を受け止めつつ、魔法《まほう》を放つ準備をし、魔法が使えるようになって、一番最初に発動させた【ウォーターボール】をロヌス目掛けて放った。

すると、まさか俺が攻撃を防いだ状態から反撃《はんげき》してくるとは思わなかったようで、ロヌスは慌てて攻撃を中断し、距離をとろうとする。

だが、その隙を逃《のが》さず、俺はウサギ師匠《ししょう》との修行《しゅぎょう》で鍛《きた》えられた脚力《きゃくりょく》を発揮し、思いっきり一歩を踏《ふ》み出すと、勢いを乗せて、全力の蹴りをロヌスの腹に叩き込んだ。

「おおおおお！」

「ぐほあ⁉」

ロヌスは俺の蹴りを防ぐことはできず、まともにダメージを受けると、体をくの字にしたまま、一瞬滞空《たいくう》する。

そのまま追撃を与《あた》えようとする俺だったが、空中で歯を食いしばり、無理矢理体勢を整えたロヌスは、俺の追撃より先に技を放った。

「……な、舐めるなあああああああ！　【万槍穿《ばんそうせん》】！」

　空中で俺目掛けて再び怒濤の突きを放つロヌス。

　やばい……これは防ぎきれない……と絶望した瞬間……先ほど高みの見物をすると口にしていたクロが、面白《おもしろ》そうに話しかけてきた。

『おいおい、ここで死んでもらっちゃあつまらねぇぜ？　ほら、よく視てみろよ。お前はそれがどういうことか、知ってるはずだぜ』

「よく……視る……？」

　もうすぐ目の前に槍の穂先が迫っているというのに、俺はクロの言葉通り、ロヌスの動きや、槍の軌道《きどう》、そのすべてを見つめた。

　すると、気付けば周囲の音や景色が遮断《しゃだん》されたような感覚に陥《おちい》る。

　それは、先ほどまで行われていた闘技《とうぎ》大会を見ていた時の感覚に近いが、質がまるで違う。

　不必要な情報すべてが遮断され、ただ目の前の出来事が恐《おそ》ろしいほどゆっくりと視《み》え、俺の脳に、体に、目の前のものすべてが吸収されていくような感覚だった。

　後になって分かったが、この時の俺は究極的な集中力を発揮していたらしい。

　そして、ロヌスの動きを見ていた俺は自然と体を動かしていた。

「────！」

「な、何だとおおお!?」

なんと、ロヌスの放った【万槍穿】という技を、俺も放っていたのだ。

俺の放った【万槍穿】は、ロヌスの【万槍穿】を一つ一つ的確に打ち抜《ぬ》いていく。

「ば、バカな！　俺の【槍聖術《そうせいじゅつ》】が真似《まね》されるはずがねぇ……！」

ロヌスは目の前で起きている現象を否定するかのように首を振ると、また別の技を繰《く》り出した。

「【星杭《ほしくい》】ぃぃぃぃ！」

槍《やり》を逆手に握ると、そのまま旗を突き立てるように俺目掛けて振り下ろす。

俺は瞬時《しゅんじ》に横に転がり避けることでその攻撃を躱《かわ》すと、ロヌスの槍は地面に突き立った。

それだけで闘技場は大きく揺《ゆ》れ、闘技場の地面は大きく陥没《かんぼつ》する。

だが、俺はそれにすらも驚くことなく、ただ冷静にロヌスを見つめ、【絶槍】で攻め追《せ》いたてた。

「こ、こんなはずじゃ……こんなはずじゃねぇんだああああっ！」

ロヌスはそう叫《さけ》ぶと、力任せに俺から距離をとり、思いっきり槍を引いた構えを見せた。

「し、死ねえええええ！　【神穿《かみうが》ち】ぃぃぃぃぃぃぃ！」

今までの攻撃の中で、一番威力《いりょく》が高いのは一目で分かった。

【旋風穿《せんぷうせん》】のように穂先《ほさき》に旋風をまとわせ、しかもそれは竜巻《たつまき》と見まがうほどに巨大《きょだい》で、なおかつ、それらを置き去りにするほどの速度で槍が迫ってくるのだ。

だからこそ、俺も放つ。


――ロヌスと同じ技を。


「【神穿ち】」

「あ……」

俺の放ったそれは、ロヌスのように荒々《あらあら》しい風を巻き起こさなかった。

風や空間が、認識《にんしき》できなかったのだ。

俺が突《つ》いたということを。

俺の【絶槍《ぜっそう》】と、ロヌスの槍がぶつかった瞬間……ロヌスの槍は、砕《くだ》け散った。

「が――」

ロヌスは先ほどの一撃にすべてを懸《か》けていたのか、槍が砕けた後、そのまま気を失い、静かにその場に倒《たお》れ伏《ふ》した。

どこか現実味のないその光景を眺《なが》めていると、徐々《じょじょ》に周囲の音や景色が戻《もど》ってくる。

「……あ、あれ？　ろ、ロヌスは？」

『何呆《ほう》けてやがる。お前が倒したんだぜ？』

呆《あき》れた様子でそう告げるクロに、唖然《あぜん》としながら倒れ伏すロヌスに目を向ける俺。

俺が……倒したのか？　いつの間に⁉

「まさか、また『邪』の力が暴走を⁉」

『ちげぇよ。まあ全く関係ないワケじゃねぇが……そこに転がる【槍聖《そうせい》】は、間違《まちが》いなくお前自身が倒したぜ』

「どういうことだ？」

『お前は覚えてねぇだろうが、【拳聖《けんせい》】を倒した時の【邪】の感覚は、体が覚えてんだよ。そして、その切っ掛《か》けをお前が摑《つか》んで、倒したってだけだ』

「切っ掛け……」

『そうだ。【邪】の力ってのは、すべてを吞《の》み込む力だ。そしてそれを一度、発動させたおかげか、一部とはいえ、無意識のうちにお前はその力をコントロールできるようになってんのさ。まあコントロールっていっても、暴走を抑《おさ》える程度のコントロールだがな』

「はあ……？」

よく分からないが、俺が今まで『邪』の力を暴走させずに済んだのは、クロの力だけでなく、俺の無意識による行動も影響《えいきょう》していたらしい。

『お前はその無意識に【邪】の力をコントロールし続けたおかげで、限定的にその力を使えるようになった。それが、お前の目に現れてる』

「俺の目?」

思わず目のあたりを触《さわ》ると、クロは続けた。

『ああ。何度も言うが、【邪】の力ってのは、すべてを呑み込む力だ。それは有形無形と関係ねぇ。技術や動きすら呑み込み、吸収する……』

「それって……」

何となくクロの言いたいことが分かり、愕然《がくぜん》としていると、クロが笑《え》みを浮《う》かべているのを感じた。

『【邪洞眼《じゃどうがん》】……今のお前は、それでどんな動きも吸収しちまえるのさ』

クロの言葉に、俺はただ呆然《ぼうぜん》とする。そ、そんな力が……。

とはいえ、この力を発現できたのも、クロの助言に従って、ロヌスの動きを見つめたことが大きな要因だろう。

思わず自分の手を見つめるも、まだ戦闘《せんとう》中だったことを思い出した。

「そ、そうだ！　ウサギ師匠は――――」

『そっちも終わりそうだぜ？』

「え？」

ウサギ師匠と『鎌聖《れんせい》』ジンの戦いに視線を向けると、そこには血を流しているジンの姿が。

「ば、バカな……『邪《じゃ》』の力を手に入れた我らが、敗れるなど……！」

《フン。確かに俺は、『邪』の力を持つ『拳聖』に敗れた。だが、そこで俺は『邪』の力ではなく、自分の力を磨《みが》き、こうして貴様らを倒すに至った。ただそれだけのことだ》

「み、認めぬ……『邪』の力を手に入れた我々が負けるなど、認めぬぞおおおお！」

ジンはそう叫ぶと、両手に持つ草刈《くさか》り鎌《がま》を顔の前でクロスさせ、そのまま振《ふ》りぬいた。

そこから放たれるクロス状の斬撃《ざんげき》に対し、ウサギ師匠は悠然《ゆうぜん》と構えた。

《【三神歩法《さんしんほほう》】》

そして、そう呟《つぶや》くと、ウサギ師匠はその場から掻《か》き消える。

「なっ⁉」

《──一歩目》

掻き消えたように見えたウサギ師匠だったが、一歩踏み込んだ際、超前傾姿勢《ちょうぜんけいしせい》でジンに突っ込んだようだ。

しかしそれは、俺が離《はな》れた位置から見ているからこそ分かったことであり、実際にその技《わざ》を受けるジンは、未《いま》だに消えたままに見えるだろう。

《二歩目》

そして、ウサギ師匠は大きく踏み込んだ一歩目の足と前傾《ぜんけい》姿勢を利用し、その状態から体を小さく丸めると、最小限の円で前方宙返りをする要領で、二歩目をジンの頭上に落とした。

「ガッ──────」

すさまじい勢いで放たれた二歩目は、超強力な踵落《かかとお》としとなり、ジンの意識を奪《うば》う。

そして、ジンを踏みつけた勢いでそのまま空中で回転し、着地すると、ウサギ師匠は鼻で笑った。

《フン。三歩目は必要なかったな》

師匠、どこまで強くなるんですかね？　勝てる気がしないんですが……。

思わずジンを倒したウサギ師匠に、そんな感想を抱《いだ》いてしまった。

ウサギ師匠を見て、頬《ほお》を引き攣《つ》らせていると、ウサギ師匠は俺に視線を向ける。

《何を呆けている。次は『邪』だ》

「そ、そうだ！　イリスさんは――――」

そこまで言いかけると、上空から緊張感《きんちょうかん》のない、クアロの声が聞こえてきた。

「あれれ？　あの二人、もしかしてもうやられちゃったの？　使えないねー」

「なっ⁉」

上空に視線を向けると、体中から黒い靄《もや》を噴出《ふんしゅつ》し、それらを自在に動かしてはイリスさんを攻撃《こうげき》しているクアロの姿が飛び込んできた。

「くう……！」

《……不味《まず》いな》

クアロの体から噴《ふ》き出る黒い靄は、無数の鋭利《えいり》な刃《やいば》となり、イリスさんへと降り注ぐ。

イリスさんはそれを必死に剣《けん》で捌《さば》いている。

だが、すべてを捌き切れないようで、見るからに劣勢《れっせい》に立たされていた。

「イリスさん⁉　し、師匠《ししょう》！」

《ああ。俺たちも行くぞ……！》

ウサギ師匠がそのままクアロに突撃《とつげき》する中、俺は【無弓《むきゅう》】を取り出し、大量の矢を放つ。

だが……。

「ざんねーん。そんなの僕には届きませーん」

クアロに矢が到達《とうたつ》する前に、クアロの体から溢《あふ》れ出る黒い靄にすべてが阻《はば》まれ、矢は防がれてしまった。

「っていうか君、なんでか知らないけど、僕らの欠片《かけら》が入ってるじゃん。僕らの誰《だれ》かが君にその力を渡《わた》したの？　それなら話くらい聞いてそうなもんだし、何より僕と敵対してるのもおかしいよね～。どういうこと？」

俺を見て、不思議そうに首を捻《ひね》るクアロに対し、俺は何も答えずに矢を放ち続ける。

それらもクアロの黒い靄によって簡単に防がれてしまったが、その隙《すき》をついてウサギ師匠がクアロに肉迫《にくはく》する。

《これはどうだ……！》

ウサギ師匠は今まで見たことないような速度でクアロに迫《せま》ると、空間が唸《うな》るほどの蹴《け》りをクアロに放つ。

そうか！　クアロは純粋《じゅんすい》な『邪』だから、ウサギ師匠のステータスも解放され、さらに二倍となっているから、いつも以上に強力なんだ。

そう思っていると、俺の中にいるクロが硬《かた》い声で答えた。

『……ダメだな』

「え？」

『お前、気付いてねぇのか？　【蹴聖《しゅうせい》】がステータスを解放できているんなら、当然【剣聖《けんせい》】もステータスが解放されているはずだ。それがああもやられてるってことは……』

クロの言葉を遮《さえぎ》るように、クアロの愉快《ゆかい》そうな声が聞こえてきた。

「だーかーらー……届くわけないじゃん」

《なっ……があっ！》

ウサギ師匠の蹴りは黒い靄で難なく受け止められ、周囲に漂《ただよ》っている黒い靄がウサギ師匠に肉迫すると、まるで鋭《するど》い刃のように変化し、そのままウサギ師匠を貫《つらぬ》いた。

「う、ウサギ師匠ッ！」

《お、俺は大丈夫《だいじょうぶ》だ！　それより、近づくんじゃない！》

「え⁉」

ウサギ師匠は切り裂《さ》かれた腹を押さえながら距離《きょり》をとると、俺にそう言う。

《……ヤツに近づけば、あの『邪』の力の餌食《えじき》だ。今のは一方からの不意打ちですんだが、深追いすれば囲まれ、殺されてた》

「そ、そんな……」

《お前はそこから魔法《まほう》や弓で遠距離《えんきより》攻撃《こうげき》を続けろ。何とかその隙をついて、俺とイリスが仕《し》掛《か》ける……！》

「ちょ……師匠⁉」

ウサギ師匠はそれだけ言うと、再びクアロとの戦闘に戻ってしまった。

残った俺は、ひとまずウサギ師匠の言葉通り、遠距離《えんきより》で矢や魔法を放つが、そのすべてがクアロの黒い靄に防がれてしまう。

あの黒い靄、万能《ばんのう》すぎないか⁉　どう攻撃すればいいんだよ……！

焦《あせ》りばかりが募《つの》る中、ウサギ師匠もイリスさんも攻撃を受ける回数が増え、徐々《じょじょ》に押されていく。

すると、クアロはつまらなそうに欠伸《あくび》をした。

「ふわぁ……なーんか拍子抜《ひょうしぬ》けだなぁ。せっかく『聖』の中で最強って噂《うわさ》の『剣聖』と、ついでに『蹴聖』を相手にしているのに、全然強くないじゃーん。せっかく連れてきた二人もやられちゃうしさ。これなら僕一人で来た方がよかったよねー」

そして、クアロは一つ伸《の》びをすると、冷たい視線を俺たちに向けた。

「もう飽《あ》きちゃったし――――終わりにしよっか」

「！　ウサギッ！」

《分かってる……！》

クアロの体から溢れ出る黒い靄が急に濃《こ》くなり、さらに量も増えると、その靄はクアロの頭上で徐々に集まっていき、一つの球体が出来上がった。

それは少しずつ大きくなり、何もかもを破壊《はかい》してしまいそうな……そんな恐《おそ》ろしさを感じさせる。

間近で見ているわけじゃないのに、その球体を前に、俺の本能が叫《さけ》んでいた。

あれは……ヤバい……！

すると、俺の中にいるクロも、冷たい声で言った。

『……アイツ、本当に終わらせに来てるぜ。あれがそのまま発動すれば……この街は軽く消し飛ぶな』

「そんな⁉」

俺はとにかく矢を放ち、【絶槍《ぜっそう》】を投げ、できる限りの攻撃を加えていくが、その悉《ことごと》くが完璧《かんぺき》に防がれる。

そして……。

「じゃあねー」

ついに、黒い球体は、俺たち目《め》掛《が》けて放たれた。

「【聖剣結界《せいけんけっかい》】ッ！」

《【聖蹴波《せいしゅうは》】！【聖耳衝《せいじしょう》】！》

黒い球体が放たれた直後、イリスさんは手にしている剣を掲《かか》げると、勢いよく地面に突《つ》き立てた。

すると、突き立てた地面から、光り輝《かがや》く剣が無数に現れ、黒い球体に向かって行く。

さらに、ウサギ師匠はその脚《あし》からイリスさんの剣と同じ光を発現させ、それを黒い球体目掛けて放ち、続けて両耳を同じ光で輝かせて一筋の閃光《せんこう》を放った。

イリスさんの剣と、ウサギ師匠の二種類の光が、黒い球体にぶつかる。

「くっ……はあああああっ！」

「！」

そして、イリスさんの剣とウサギ師匠の光線は、黒い球体を消し飛ばした！

「はぁ……はぁ……」

《くっ……体が……》

だが、イリスさんもウサギ師匠もその一撃《いちげき》で疲労困憊《ひろうこんぱい》となり、もはや満足に動けそうに見えない。

すると、クアロは微《かす》かに驚《おどろ》いた様子で口を開いた。

「わお……まさかたった二人で防がれるとは思わなかったなぁ……。弱くても『聖』ってことかな？」

「はぁ……はぁ……」

「でも、今のを止めるので精いっぱいみたいだねー。……じゃあ、もう一回いってみようか♪」

「なっ！」

なんと、クアロは先ほどの攻撃をもう一度放つと口にした。

そして、その言葉通り、再びクアロの頭上に黒い球体が出来上がっていく。

「アハハハハ！　ほらほら、もう一回防がないと！」

「イリスさん！　ウサギ師匠！　このっ！」

もはやウサギ師匠の言葉に従ってる場合ではなく、すぐに駆《か》け出し、【全剣《ぜんけん》】を手にして襲《おそ》い掛かった。

だが、クアロのもとにたどり着く前に、別の黒い靄が俺の行く手を阻む。

「邪魔《じゃま》だッ！」

「無駄《むだ》だよー。『聖』ですらない君じゃあ、ソレは傷つけられないよ？」

クアロの言う通り、俺がいくら攻撃を加えても、黒い靄にはまるでダメージが与《あた》えられた様子もなく、次々と俺に襲い掛かってくる。

しかも、クアロは疲《つか》れて動けないウサギ師匠たちにも容赦《ようしゃ》なく黒い靄を仕向ける。

それらに対して、ウサギ師匠たちは気力を振《ふ》り絞《しぼ》りながら対応するが、防戦一方で今にもやられてしまいそうだ。

そんな様子に、俺の中から見ていたクロが、口を開く。

『ソイツの言う通りだぜ。【邪《じゃ》】そのものを倒《たお》せるのは、この星から認められた【聖】のヤツらだけだ。諦《あきら》めな』

「じゃあどうすりゃいいんだよッ！」

必死に【全剣】や【絶槍】を駆使《くし》して、黒い靄を捌きながらそう叫ぶと、クロは興味なさそうに言った。

『そうだなぁ……【聖】の力が宿った武器を使うくらいしか思いつかねえなあ』

「『聖』の力の宿った武器って……」

『お前が向こうの世界で初めて邪獣《じゃじゅう》と会った時、一緒《いっしょ》にいた女が札を使って邪獣を退治してただろ？　あれは確かに【邪】の力を打ち祓《はら》っていたからな。ま、お前がそれを持ってるとは思えねぇけどよ』

「……いや、ある。あったはずだ……！」

『何？』

クロがもはや諦めた様子でそういうのに対し、俺は黒い靄を相手にしながら必死にアイテムボックス内を捜《さが》す。

つい最近、この状況《じょうきょう》を打破できるような……神楽坂《かぐらざか》さんの使っていた札と、似た効果を持つ武器を、確かに見たはずなんだ。

必死に捜す俺に対し、クアロは頭上に浮《う》かぶ黒い球体を面白《おもしろ》そうに見つめた。

「ほらほら、もう完成しちゃうよ～」

『残念だが、諦めろよ。そこそこ頑張《がんば》ったんじゃねぇか？』

「クッ！」

クアロとクロの言葉を無視し、捜し続ける俺は……見つけた。

「！　これだああああああっ！」

「ん？」

「ゆ……ユウヤ君……？」

クアロや満身創痍《まんしんそうい》のイリスさんたちの視線が集まる中、俺の手には一つの武器が握《にぎ》られていた。

それは……。

「【天錫杖《てんしやくじよう》】！」

初めてこの武器の効果を見たときは、意味がよく分からなかった。

なんせ、あまりにも説明文が大雑把《おおざつぱ》で、詳《くわ》しい説明が一つもないのだ。

だが、今ならこの武器の効果をちゃんと理解できる。

黄金の遊環《ゆうかん》を鳴らしながら、俺は手にした錫杖《しやくじよう》で黒い靄《もや》を殴《なぐ》った。

「だーかーらー、無駄だって――」

そこまで言いかけたクアロは、異変に気付いた。

なんと、俺が殴った黒い靄が、一瞬《いつしゆん》で霧散《むさん》したのだ。

「な……」

さすがにこの現象は予想外だったのか、クアロは目を丸くする。

おじいちゃんの倉庫で見つけたこの【天錫杖】の効果はただ一つ。祓う。それだけなのだ。

……今考えても効果の説明がそれだけで、かなり謎《なぞ》な武器だが、『祓う』ということは、あの時のお札と同じように『邪』の力にも影響《えいきよう》する……そう考えたわけで、結果はその通りだった。

俺は自分を囲っていた黒い靄を【天錫杖】ですべて打ち祓うと、そのままイリスさんたちのもとに駆け付け、二人を襲っていた黒い靄も霧散させた。

「大丈夫ですか⁉」

《ああ……》

「……」

するとウサギ師匠《ししよう》から声は返ってきたものの、イリスさんの返事がないため、慌《あわ》てて確認《かくにん》すると、イリスさんはぼーっとした表情で俺を見つめていた。

「イリスさん？」

「へ？　あ……え、ええ！　だ、大丈夫《だいじようぶ》よ」

「ならよかったです。あとは俺がやるので……見ていてください」

そう告げ、改めてクアロへと向き直る。

「……」

《フン……この状況で見惚《みと》れるとは、ずいぶん余裕《よゆう》そうだな？》

「なっ……ち、違《ちが》うわよ⁉　た、ただ、誰《だれ》かに守られるってのが……その……初めてだったから……」

《フッ……まあ、これで俺の弟子《でし》がどれだけぶっ飛んでいるか、分かっただろう》

「……ええ。よく理解したわ」

俺の後ろで何やら話していたようだが、すでにクアロへと意識を戻《もど》していた俺には、気にする余裕がなかった。

それはともかく、俺はクアロに視線を向けながら、俺の中にいるクロに声をかける。

「どうだ？　これならいけるか？」

『……ハッ！　つくづくテメェはとんでもない野郎《やろう》だな！　いいぜ、力を貸してやるよ！』

クロは愉快《ゆかい》そうに笑うと、俺の体から黒い靄が溢《あふ》れ出た。

「……一つ訊《き》きたいんだけど、『邪』の欠片《かけら》であるクロの力で、あの『邪』の本体に勝てる？」

『ハッ！　このオレが手を貸してやるんだ。勝てるかじゃねぇ、勝つんだよ』

「んな無茶苦茶な……」

『……まあ、お前とは何だかんだ相性《あいしょう》がいいからな。行ける』

「そうか」

そうどこか気恥《きは》ずかしそうに語るクロに、俺は思わず笑《え》みを浮かべた。

そんな俺の姿に、背後のイリスさんが焦《あせ》った声を上げる。

「なっ……『邪』の力!?　ウサギ、貴方《あなた》……！」

《落ち着け。言いたいことは分かるが、ユウヤは正気だ。ワケあって、『邪』の力を手に

しているが、問題ない》

「問題ないって……どんなワケがあればあの力を手にするのよ!?」

《元々あの力はユウヤのモノではなく、『弓聖《きゅうせい》』の弟子が身に宿していたものだ。だが、それをユウヤが引き受ける形で今はヤツの体の中に宿っている》

「ひ、引き受けるって……」

《……本当に大バカ者だよ》

俺の体から溢れ出る『邪』の気配を前に、クアロはさらに驚き、固まった。

「ちょっと……どういうことだい？　君の中にあるのは欠片のはず……でも、その力はどう見ても僕らと同じじゃないか……君は一体、何なんだい？」

その質問に、俺は何も答えない。

すると、その様子が気に障《さわ》ったようで、クアロは不愉快そうに顔を歪《ゆが》めた。

「僕を無視するなんて、いい度胸だね？　――――行け」

「――――ギギィイイ！」

クアロが無造作に腕《うで》を振ると、黒い靄が広がり、邪獣が何体も出現すると、俺目掛《めが》けて襲い掛かってきた。

「この……！」

キィイイン！

襲い掛かってくる邪獣を始末しようとした瞬間《しゅんかん》、あの澄《す》んだ金属音が耳に届いた。

「ギ、ギィ……」

そして、俺に襲い掛かってきた邪獣たちは、その場に倒れ伏《ふ》す。

俺が思わず視線を背後のイリスさんに向けると、彼女は強気に笑った。

「……色々と訊きたいことはあるけど、邪獣は任せなさい。だから……アイツは頼《たの》んだわよ？」

「……はい！」

イリスさんの言葉に力強く頷《うなず》くと、俺はクロに声をかける。

「……準備はいいか？」

『おう、任せとけ。だが、長くは保《も》たねぇぞ？　お前の力は強すぎるんだよ……』

「十分だッ！」

俺は『邪』の力を解放した上に、さらに【魔装《まそう》】も展開し、クアロ目掛《めが》けて一歩踏《ふ》み込んだ。

その瞬間、周囲の景色が一瞬で置き去りになり、すぐ目の前にはクアロの姿が。

「な――――」

「はあああっ！」

「があっ⁉」

俺は【絶槍《ぜっそう》】を扱《あつか》うときと似た要領で【天錫杖】を振るい、クアロの脳天に叩《たた》き込んだ。

すると、その攻撃《こうげき》を察知できなかったクアロはそのまま地面に叩きつけられる。

その隙《すき》に、俺は頭上で大きくなっている黒い球体を【天錫杖】で貫《つらぬ》いた。

【天錫杖】で貫かれた黒い球体は徐々《じょじょ》にひび割れ、そこから光があふれ出し、弾《はじ》け飛ぶ。

「そんな……お前は一体何なんだ⁉」

地上に叩きつけたクアロが、フラフラの状態で立ち上がりながらそう叫《さけ》ぶが……。

「知らないよッ！」

「なあっ⁉」

クアロは俺の回答に、絶句していた。

何だか今日はその質問をやたら受けるが、俺が何者かなんて分かるわけがない。むしろ俺が訊きたいくらいだ。

『邪』や『聖』の戦いにいつの間にか巻き込まれて、強くならなきゃ安心できない状況になってたとしか言いようがない。

だが、そんな俺の回答にクアロは満足できなかったようで、怒《いか》りで顔を赤くした。

「ふ……ふざけるなっ！　いきなり出てきて、僕の楽しみを邪魔《じゃま》するだなんて……殺すッ！」

クアロは自身の体から黒い靄を大量に噴出《ふんしゅつ》させると、それらは無数に枝分かれし、鋭利《えいり》な刃《やいば》となって俺に襲《おそ》い掛かった。

それらを【天錫杖】で打ち払《はら》いながら、少しずつクアロとの距離《きょり》を縮めていく。

「来るな、来るな、来るなあああああっ！」

「！」

怒濤《どとう》の攻撃を続けてくる中、クアロが手のひらを俺に向けると、そこに小さな黒い球体が浮かび上がり、黒い閃光《せんこう》が俺目掛けて放たれた。

その黒い閃光に対し、俺はウサギ師匠が『鎌聖《れんせい》』を相手に使っていた歩法を意識しながら、一歩踏み込む。

すると、先ほど以上の速度で体が動き、すでに黒い閃光と俺との間に距離はほぼなくなっていた。

そんな状況《じょうきょう》で、俺はさらに『槍聖《そうせい》』ロヌスが放った【神穿《かみうが》ち】を【天錫杖】で放つ。

「【神穿ち】……！」

【天錫杖】の錫杖頭《しやくじようとう》は黒い閃光を切り裂《さ》きながら突《つ》き進み、ついにクアロの体を打った。

「があぁっ！」

体をくの字に曲げ、苦悶《くもん》の声を漏《も》らすクアロ。

「そんな……こんなはずじゃ……！」

すると、【天錫杖《てんしやくじよう》】の効果が発動したのか、クアロの体から煙《けむり》が上がった。

「こ、この僕がやられるだって⁉　ウソだ……あり得ない……」

クアロは必死に俺の突きつけている【天錫杖】から逃《のが》れようと、柄《え》の部分を握《にぎ》るが、その握った手のひらからさえ、煙が上がり、逃れることができなかった。

やがて煙の量が多くなり、クアロの体が徐々に消え始めると、さっきまで抵抗《ていこう》していたのがウソのように、急に抵抗をやめ、静かな口調で語った。

「はあ……本当に僕はここで終わりなんだねー。ずいぶん呆気《あっけ》ない幕引きだけど……まあこんなもんか。どうやら『邪獣《じやじゆう》』どもも倒《たお》されちゃったみたいだし、僕らの負けだね。いやー、もっと楽しく暴れまわれると思ったんだけどなぁ」

クアロは心底残念そうにそう言うと、俺に鋭《するど》い視線を向けた。

「……まさか、こんな不確定要素が紛《まぎ》れ込んでるとはね。計算外だよ」

「……」

「でもまあ……これで僕たちは君のことを知ったからね？」

「？」

しかし、クアロの言葉の意味が分からず、首を捻《ひね》る。

クアロは特に答える素振《そぶ》りは見せず、今度はウサギ師匠たちへと視線を送った。

「君らがどれだけ僕らのことを知ってるのか知らないけど……僕らは、一つだ」

「え？」

《……何？》

イリスさんたちもクアロの言葉の意味が分からなかったようで、怪訝《けげん》そうな表情を浮《う》かべる中、そんな俺らを愉快そうに見つめた。

「ま、精々足掻《あが》いてね～」

そして、クアロの体が完全に煙に変わると、その煙はついに霧散《むさん》するのだった。

＊＊＊

「――――クアロは逝《い》ったか」

【世界の廃棄場《はいきば》】にて、青年の『邪《じゃ》』は、静かにそう呟《つぶや》いた。

そして、自分の力を確かめるように、手のひらを見つめる。

「ふむ……なるほど。こういう形で統合するのだな」

「――どうするんです？」

すると、その場にいたもう一人の『邪』が、静かに青年へと訊《たず》ねた。

その『邪』は、どこか神経質そうな男で、年齢《ねんれい》も三十代ほどに見える。

「確かにクアロが逝ったことは残念だが……収穫《しゅうかく》もあった」

「それは、貴方の強化ですか？」

「ふっ……それもあるが、違《ちが》う」

「では、何が？」

男の『邪』の問いに対し、青年の『邪』はどこか遠くの存在を見つめるように、目を細める。

「見つけたぞ――異分子よ」

青年の『邪』の瞳《ひとみ》には、クアロを倒した優夜《ゆうや》の姿が、ハッキリと浮かんでいるのだった。

＊＊＊

優夜がクアロを倒し終えた頃《ころ》、クアロによって召喚《しょうかん》された『邪獣』はレガル国の兵士たちや、ナイトたちの手によって倒されていた。

「ふぅ……いきなり現れたときは何かと思ったが……これが、『邪』の眷属《けんぞく》か……」

ルナは倒された『邪獣』の死体を前に、そう呟く。

地球で優夜と神楽坂が倒した『邪獣』は、神楽坂の札によって浄化《じょうか》されたため、綺麗《きれい》に消えたが、今この場所には、多くの『邪獣』の死体が残っていた。

そんなルナに対し、大人しくしていたレクシアは、得意気に胸を張った。

「さすが私の護衛ね！」

「フン……まあな。それより、ユウヤは……」

そう言いながらユウヤたちのほうに視線を向けると、ちょうどクアロが消えていくところが目に映った。

「……向こうも無事に終わったみたいだな。ユウヤのやつ、今度は一国の危機を救ってしまったな……。レガル国にとって、ユウヤは〝英雄〟だろうな」

「あーもう！　せっかくユウヤ様が『剣聖《けんせい》』を相手にカッコよく戦っていたのに！」

「……お前は本当にぶれないな」

『邪』が襲撃《しゅうげき》してくるまで『剣聖』イリスとユウヤの戦いに、誰《だれ》もが唖然《あぜん》とし、言葉を失っていた。

レガル国民にとって、『剣聖』であるイリスが強いのは誰もが知ることであったが、それと対等に戦闘《せんとう》を繰《く》り広げる優夜の姿は、レガル国民だけでなく、オルギスたちにとっても衝撃的《しょうげき》だった。

そんな中、イリスと優夜の戦闘に割り込む形で『邪』が襲来《しゅうらい》し、闘技場《とうぎ》に大量の『邪獣』を放った時は、会場全体が騒然《そうぜん》としたが、事態は思った以上に簡単に終息した。

そのわけは……。

「終了《しゅうりょう》。『邪獣』の気配、なし」

「わふ」

レクシアたちにとって、未《いま》だに謎《なぞ》の多いユティと、優夜の相棒であるナイトが、ほぼすべての『邪獣』を倒してしまったからだ。

戦闘自体に参加はしていないが、アカツキも怪我をした一般《いっぱん》人や兵士たちをスキルで癒《いや》すなど、大活躍《かつやく》をしていた。

「ナイト、アカツキ。助かったぞ、ありがとう」

「わふ～」

「ふごふご」

ルナに撫《な》でられ、ナイトは気持ちよさそうにし、アカツキは当然といった様子で得意気な表情を浮かべていた。

「それにしても……本当に寝《ね》ているだけだったな……」

ナイトたちを撫でたルナは、呆《あき》れた様子で未だに寝ているオーマに視線を向ける。

すると、オーマは片目を開いた。

『なんだ、文句がありそうだな？』

「起きてたのか⁉」

『今起きたところよ』

オーマはそう言いながら大きな欠伸《あくび》をすると、ルナに視線を向けた。

『言っただろう。我は人間どもの事情など興味がない。だから、手は貸さん』

「……そうか」

ルナはオーマの言葉に、それ以上言葉を続けることができなかった。

オーマの言う通り、伝説の竜《りゅう》であるオーマには人間の事情など関係ないことが、ルナにも分かっていたからだ。

たとえ、その在り方に不満を持った人間が現れようとも、オーマにはそれすら……否《いな》、この星そのものを消し飛ばす力があるため、迂闊《うかつ》に手を出すこともできない。

ひとまずこの事態を乗り切ったことでため息を吐《つ》いたルナだったが、あることに気づいた。

「ん？　そういえば……レガル国の王族はどこだ？」

「あれ？　確かに見ないわね……兵に指示を出しに行ったのまでは覚えてるけど……」

闘技場全体を見渡《みわた》すも、オルギスたちの姿が見えないため、ルナたちは闘技場の外に指示を出しに行ったのだと、そう思った。

そんな中、オーマは再び欠伸をすると、闘技場の上空に目を向ける。

『……フン。物見の魔法《まほう》か。我には通用せんが……ユウヤ。貴様の存在がとうとうバレたぞ？』

オーマはそう言うと、愉快《ゆかい》そうに笑い、再び眠《ねむ》りにつくのだった。

エピローグ

クアロが攻《せ》めてきた頃、オルギスはすぐさま兵士たちに指示を出し、ライラと共に城の地下にある召喚魔法陣《しょうかんまほうじん》のもとへ向かっていた。

「……まさか、今日に限って『邪』が攻めてくるとは……！」

「お父様……」

顔をしかめるオルギスに対し、ライラは心配そうな表情を浮かべる。

そんなライラの視線に気づいたオルギスは、ゆっくり息を吐《は》きだした。

「ふう……やむを得ん。ひとまず兵たちはロイルに任せてある。我らは……もはや、異世界に頼《たよ》るしかないのだ」

オルギスは、『剣聖』と優夜《ゆうや》の試合を見て、ここまで強いのかと感動し、『邪』に対抗《たいこう》するため、わざわざ異世界に頼る必要はないのではないかと、考えかけていた。

だが、そこにやって来た『邪』を見たことで、すぐに考えを改めた。

最強の『聖』であるはずの『剣聖』が、クアロに圧倒《あっとう》されているのを目《ま》の当たりにしたのだ。

もはや、このままでは『邪』によって国が滅《ほろ》ぼされると確信したオルギスは、すぐさま動き始めた。

たとえクアロを倒《たお》せたとしても、それで『邪』のすべてが消えたとは思わない。

もし、今回の襲撃を持ちこたえたとしても、いつイリスたちが『邪』に負けるか分からず、そのまま人類が滅びる可能性もあると考えたからこそ、ついに異世界から勇者を召喚する決意をしたのだった。

召喚の間に移動すると、そこにはすでにオルギスの指示により、魔法陣《まほうじん》を完成させたレガル国の魔法使《まほうつか》いたちの姿が。

「陛下。準備は整っております。あとは魔力《まりょく》を注《そそ》ぎ込めば、魔法が発動するでしょう」

「……ライラ」

「はい、お父様。勇者さま、もしくは聖女さまをこの世界にお招きいたしましょう。きっとそのお方は、この世界を救ってくださるはずですわ」

オルギスに促《うなが》され、ライラは一歩前に出ると、手で魔法陣に触《ふ》れる。

触れた場所から魔力を注ぎ込むと、魔法陣が妖《あや》しく光り始めた。

「くっ！　こ、これは……」

最初は順調に魔力を注ぎ込んでいたライラだが、次第《しだい》に魔法陣がライラから魔力を吸い取るように変化し、その吸収量にライラは顔をしかめた。

魔法陣はすさまじい勢いでライラの魔力を吸い尽《つ》くさんとどんどん輝《かがや》きを増していく。

どれほど時間が経《た》ったのか。

魔力を吸われ続け、顔色を悪くするライラには分からなかったが、もう魔力が枯渇《こかつ》するといったところで……ついに魔力の吸収が止まった。

「あ……」

「ライラッ！」

ふらつき、倒れそうになるライラを慌《あわ》ててオルギスは支える。

すると、そんな二人の目の前で魔法陣《まほうじん》の輝きは最高潮に達し、ついに光が弾《はじ》けた。

「ッ！」

「つ、ついに……！」

光が収まると、そこには一人の人影《ひとかげ》が浮《う》かび上がっている。

それを見て、オルギスたちは召喚の魔法が成功したことを察した。

そして――。

「――な、何なのよ、これ!?　一体何が起きたのよ!?」

魔法陣から現れたのは、巫女装束《みこしょうぞく》の少女――神楽坂舞《かぐらざかまい》だった。

＊＊＊

「ふぅん……そんな理由で……」

クアロを倒し終えた俺は、イリスさんの目の前で『邪《じゃ》』の力を発動したことから、その力をどうして身に付けたのか、尋問《じんもん》された。

「本当にウサギの言った通りだったわね」

《だからそう言っただろう。何故《なぜ》信じない》

「信じられるわけないでしょう？　こんな話」

《まあ、大バカ者ではあるな》

「うっ……」

イリスさんとウサギ師匠《ししょう》の呆れた視線に晒《さら》され、俺はつい縮こまる。

すると、俺の中にいるクロが、そんな俺に対して爆笑《ばくしょう》した。

『アハハハハ！　さっきまで【邪】と戦ってたヤツとは思えねぇほど弱々しいじゃねぇ

か！』

「しょ、しょうがないだろ……」

クアロを倒さなきゃ俺たちがやられていたから戦ったわけで、元々の俺はそんなに強くないのだ。

呆れた視線を向けてきたイリスさんだったが、一つため息を吐くと苦笑いをこぼす。

「……まあでも、ユウヤ君のおかげで助かったのは事実よ。ま、守ってもらったしね。今までそんなことなかったから……そ、その、嬉《うれ》しかったというか、なんというか……」

「え？」

《はぁ……》

言葉の後半の方は声が小さく聞き取れなかったが、そんなイリスさんに対してウサギ師匠はため息を吐いた。

そのあと、すぐに真剣《しんけん》な表情に戻《もど》ると、俺を見つめる。

《ユウヤ。今回の件で『邪』の脅威《きょうい》は分かっただろう。しかも、ヤツは俺たちがまだ知らない謎を、いくつか残していった……油断はできん》

「……はい」

《そこでだ。次、またいつ襲《おそ》われてもいいように、修行《しゅぎょう》の強度を上げるぞ》

「うっ……わ、分かりました……」

俺としてはのんびり過ごせればそれでいいのだが、そうも言ってられない状況《じょうきょう》なので、ウサギ師匠の言葉に頷《うなず》くしかなかった。

すると、何故だかそんな俺とウサギ師匠のやり取りを羨《うらや》ましそうに見つめていたイリスさんは、少し寂《さび》しそうに笑った。

「そっか……ここでユウヤ君とはお別れね……」

「あ……そうなりますね」

「これからどうするつもり？」

「まあさっきウサギ師匠が言った通り、修行ですかねぇ？」

その修行が厳しくなるみたいだけどね。無事でいられるかな？　俺……。

「せっかく、私より強い人に出会ったのに……」

「え？」

悲しそうな表情でイリスさんが何かを呟《つぶや》いたが、俺には聞こえなかった。

すると、イリスさんは急に何かに気づいた様子で顔を上げ、目を輝かせた。

「そうだ、そうよ！」

「ど、どうしたんです？」

あまりにもテンションが高いため、若干気圧《じゃっかんけお》されながら訊《たず》ねると、イリスさんは俺の手を取った。

「ユウヤ君！　私も貴方《あなた》を弟子《でし》にするわ！」

「……へ？」

《ほお？》

イリスさんのその言葉に、俺は困惑《こんわく》の表情を浮かべるが、ウサギ師匠はなぜか感心した様子で頷く。

《それはいい。お前は俺の技《わざ》だけでは足りん。少しの間、イリスのもとで修行するといい》

「うぇええええ!?　ちょ、ちょっと！　いきなりそんなこと言われましても！」

「いいからいいから！　遠慮《えんりょ》しないで、お姉さんに全部任せなさい！　……すでに私より強いんだし、このまま師弟《してい》関係を深めれば、結婚《けっこん》できちゃうんじゃ!?　私って天才ッ！」

「あ、あの、イリスさん？」

「そうと決まれば、今すぐ特訓よ！」

「えええええええ!?　い、今からですか!?　たった今試合が終わったばかりですよ!?」

「だからこそよ！」

イリスさんの言葉に、俺は顔を青くする。

ま、マジか……ウサギ師匠との修行が、これからまたその厳しさが増すっていうのに、ここに来てイリスさんとの修行まで追加されるのか……。

果たして、俺の体力は持つのだろうか？

そんな疑問を抱《いだ》いていると、突然《とつぜん》イリスさんとウサギ師匠が鋭《するど》い視線でお城の方に視線を向けた。

「？　どうしました？」

「……今、すごい魔力が……」

《イリスも感じたか……今の魔力は一体……？》

どうやらお城の方から魔力を感じたらしく、二人は厳しい表情を浮かべている。

――だが、この時の俺は、レガル国のお城で起きていたことが、俺に直接関係してくるなんてまったく思っていないのだった。

あとがき

この作品をお手に取っていただき、ありがとうございます。

作者の美紅《みく》です。

皆様《みなさま》、お体の方は大丈夫《だいじょうぶ》でしょうか？

私は、特に変わりなく健康に過ごせています。

世間的には、これからも自粛《じしゅく》生活から抜《ぬ》け出《だ》せない方も多いかと思いますが、そんな中でこの作品を一つの暇《ひま》つぶしとして楽しんでいただけたのなら幸いです。

さて、今巻の物語ですが、『剣聖《けんせい》』との御前《ごぜん》試合に、『邪《じゃ》』本体との戦闘《せんとう》と、またもや優《ゆう》夜《や》は非常に大忙《おおいそが》しです。

他にも、現実世界では佳織《かおり》たちと肝試《きもだめ》しをした先で『邪獣《じゃじゅう》』と出会ったりと、地球にまで異世界の影響《えいきょう》が広がり始めました。

かと思えば、異世界のレガル国では『邪』に対抗《たいこう》するために、聖女の召喚儀式《しょうかんぎしき》が行われました。

その結果、地球で暮らしていた聖なる巫女《みこ》・神楽坂舞《かぐらざかまい》が、異世界に召喚《しょうかん》されてしまいましたが……これからどうなるのでしょうか？

私にも謎《なぞ》です。

なので、私と一緒《いっしょ》に次の巻を楽しみにしていただけると嬉《うれ》しいです。


さて、今回も協力してくださった担当編集者様。

カッコいいイラストで、この作品を素晴らしいものにしてくださった桑島黎音《くわしまれいん》様。

そして、今回もこの本をお手に取っていただき、楽しんでいただいた読者の皆様に、心より感謝を申し上げます。

誠《まこと》にありがとうございました。

それでは、また。

美紅